Y0-BVO-927

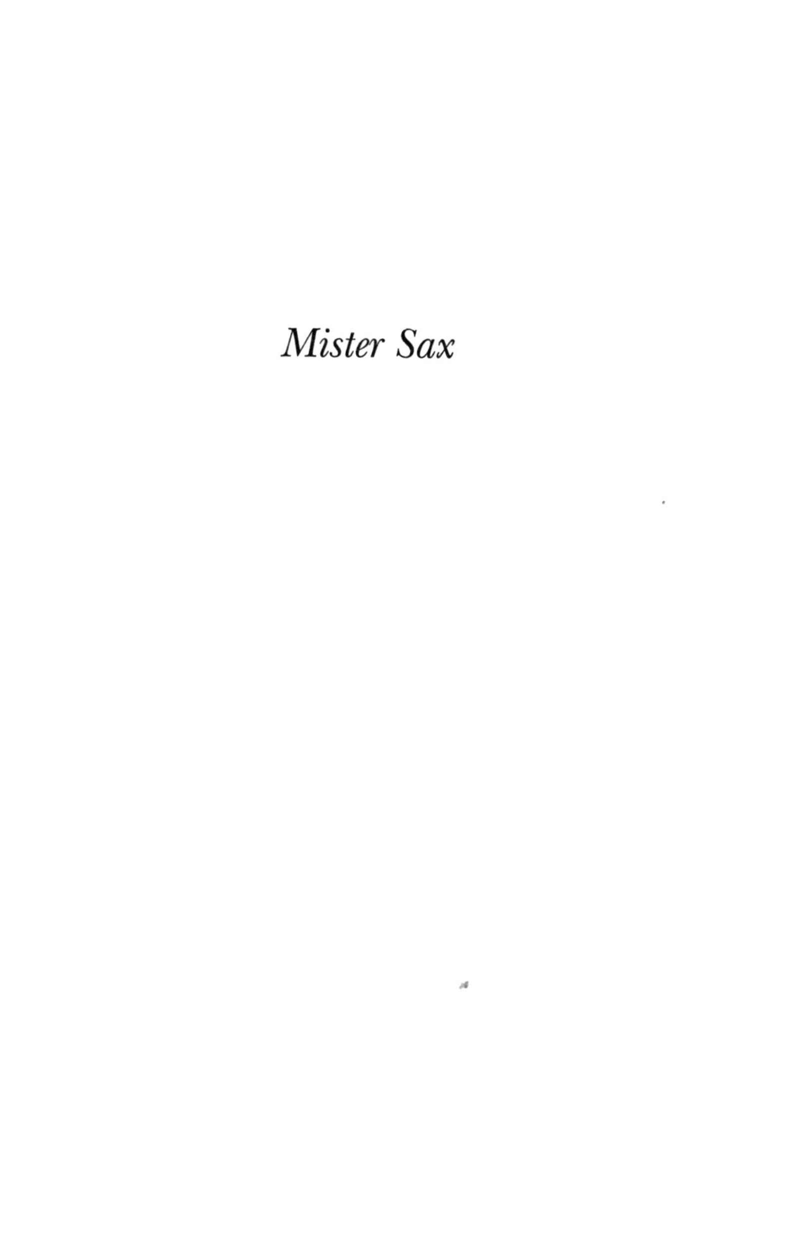

Mister Sax

Tony Cartano

Mister Sax

ROMAN

Albin Michel

22, rue Huyghens, 75014 Paris

ISBN : 2-226-10849-1

1

J'ai sauté vers la bande de terre ferme. Tendu, penché au bord du vide, je l'avais visée, en me disant qu'il fallait bien tomber, roulé-boulé acrobatique, paquetage sur le dos et P.M. dans les pognes, comme on me l'avait enseigné à l'exercice. Au moment où je me suis élancé, j'ai su que la balle, la toute première balle, serait pour moi. Quand elle m'a pénétré, je me suis écrasé dans la boue. Et je n'ai plus bougé.

L'hélicoptère s'était immobilisé en rase-mottes au-dessus d'une rizière sauvage. La turbulence des rotors arrachait la nature à sa paix et à sa luminosité du matin. Plus rien n'était clair ni défini. Coup de balai, coup de torchon. On aurait dit que tout – décor et acteurs – se mettait à claquer des dents, pris de panique. C'est le moment où les hommes de guerre savent que, soudain, leur vie n'est plus entre leurs mains.

Une éternité plus tard, lorsque j'ai osé lever le cou, défiant la douleur qui m'ankylosait l'épaule et le bras gauches, le silence glacé des alentours m'a laissé imaginer que j'avais déjà rejoint le royaume des morts. Mais, sous mon nez, un héron a décollé à tire-d'aile. Tapage plus assourdissant encore que celui de l'hélicoptère. Qui avait disparu. J'étais seul. Tout seul.

On m'avait oublié. Laissé pour compte. Ni l'ennemi invisible ni mes hommes n'avaient jugé bon de s'intéresser à mon sort. Les uns et les autres avaient, semblait-il, rebroussé chemin. Dans l'état de semi-conscience qui m'avait cloué face contre terre pour un temps impossible à évaluer, l'écho de plus en plus lointain d'un envol latéral de notre appareil s'était confondu avec la rumeur de conversations nerveuses et péremptoires : abattre ce chien galeux, le prendre en otage, le torturer peut-être... A l'inflexion des voix, je pouvais deviner que ma peau ne valait pas cher. Qu'est-ce qui me retenait de leur balancer une grenade entre leurs pattes d'araignées noires... ?

Pas de force. Paralysé.

Et tout à coup, le grand silence à nouveau. Après le ramdam fou et familier de nos lance-roquettes. Les copains étaient bien revenus pour zigouiller le moindre soupçon de vie dissimulé sur cette rizière. Nettoyage par le vide. Les abrutis ! Ils auraient pu me liquider moi aussi. Me sacrifier.

J'entendais déjà les discours et les psaumes,

là-bas au pays. « Sergent Jon Della Vita. Jon “Mister Sax” Della Vita, musicien de profession, roi de l'alto, fieffé coquin, joli cœur et piètre fantassin. Mort au champ d'honneur. Décoré à titre posthume. »

Suivaient les invectives de mon père au comptoir de sa trattoria-refuge et les litanies de ma mère à la sortie de la synagogue. Mon père, Alessandro il Grande, taxi et pauvre depuis toujours – en tout cas depuis que son propre paternel, Alessandro il Grandissimo, garde du corps, prince de l'arnaque et de la frime, s'était fait trucider par un tueur de la bande à Meyer Lansky.

Heureusement qu'il y avait Maman, sinon je me serais sans doute appelé Alessandrino. Il s'en était donné du mal, mon cher papa, pour la séduire et l'enlever, sa belle petite juive. Scandaleux, impossible ? Pas pour Alessandro il Grande, la terreur gominée des quartiers Sud ! Fallait bien prendre sa revanche ! « A cause des *kiks*, je me suis retrouvé orphelin. O.K., je leur pique Anna Rothstein, la pin-up du ghetto. Et puis, je l'aime, quoi, cette *ragazza* ! »

A Chicago, même au début des années 40, quand je suis né, on ne plaisantait pas avec ces choses-là.

Du revers de mon bras valide, j'ai essuyé la glaise qui maculait mes lèvres et mes narines. Puis j'ai refixé la jugulaire de mon casque sous le menton. Décidé à m'en tirer, j'ai évalué les dégâts. Le sang semblait avoir cessé de couler. Ma respiration redevenait lente, presque normale. Membre après membre, muscle après muscle, je reprenais possession de mon corps. Mais les réflexes du bon soldat que l'on m'avait inculqués me soufflaient de me méfier des apparences. L'air était trop pur. Le ciel trop calme. L'ennemi pouvait encore se tenir à l'affût, prêt à me cueillir au moindre mouvement. J'ai déverrouillé le cran de sûreté de mon arme automatique. Vérifié que grenades, pistolet, chargeurs et baïonnette étaient bien à leur place autour du ceinturon.

Je me suis redressé, d'abord à genoux, P.M. braqué en direction de la forêt, au-delà de la rizière déserte. Puis sur mes jambes. Cent à cent cinquante mètres de découvert me séparaient de l'abri des arbres. J'avais une chance sur des millions de ne pas me faire tirer comme un lapin avant de les avoir parcourus. Mais je n'avais pas le choix. Si je restais là, dans cette humidité infestée de vermine, je ne tiendrais pas plus d'un jour et d'une nuit. Au maximum. Et à condition que mes copains ne fassent pas les marioles, persuadés qu'ils étaient d'avoir abandonné un macchabée. Planqué dans la forêt, je pouvais peut-être m'en sortir. Pour un type entraîné, le milieu le plus hostile est parfois le meilleur moyen de résister, d'aller racler au fond de soi les ressources nécessaires. Au cours de mon existence, et pas seulement à l'armée, les occasions d'apprendre les techniques de la survie ne m'avaient jamais manqué.

Surtout quand, dès l'enfance, un papa italo-américain, mal intégré et hors de sa peau, vous serine la *canzonetta* de la catastrophe annoncée : « C'est la vie, fiston. C'est la vie. T'as commencé pauvre. Tu finiras pauvre. »

Le pire, c'est qu'il avait raison. Je le sais.

Pas question pour autant d'annuler toutes les bagarres que j'ai menées, dans la jungle de la guerre et dans celle des sentiments.

Aucun regret.

Juste le désir d'improviser, un soir, dans un club, le plus beau solo de saxophone de ma carrière.

2

Il était seul dans la clairière.

Les gugusses du commando qui m'avaient canardé et laissé pour mort avaient dû lever le camp. Pourquoi s'en faire pour un G.I. promis de toute façon à la pourriture et à la damnation ? La force de l'ennemi était dans sa mobilité, dans sa capacité à toujours nous surprendre à l'endroit où nous ne l'attendions pas. Alors, qu'est-ce qu'il fichait là, mon cuistot d'arrière-garde, mon siffleur de ritournelle ?

Avant de l'entendre, j'avais repéré sa présence à l'odeur.

Quelques instants plus tôt, je venais de me décider à bouger. Depuis plusieurs heures, je planquais dans la chaleur humide de la forêt, hésitant sur la conduite à tenir. Dieu merci, les automatismes avaient joué. D'abord, à l'abri d'un talus dissimulé par des branchages, l'état des lieux, le point sur ma situation géographique avec une estimation du temps et des risques pour tenter de rejoindre la base la plus proche. Ensuite, nouvelle inspection des armes et de l'équipement. Et enfin, moi. Qui étais vivant...

Après tout, j'étais dans un cas de figure ordinaire. J'y étais préparé. A force de m'entraîner à imaginer les cauchemars les plus atroces, plus rien n'était censé me déstabiliser. Même pas cette béance aveugle qui vous dit que la mort va frapper d'une seconde à l'autre. J'en avais vu de la bagarre, du sang, de l'horreur. Le dégoût, je connaissais. Y compris de moi-même. Entre la désespérance monotone et le féroce désir de continuer à vivre. Mais, je n'ai pas honte de l'avouer, je n'avais encore jamais su ce qu'était la peur. La vraie peur.

Je me suis dépecé de mon attirail guerrier. Torse nu, j'ai constaté que ma blessure était assez superficielle. La balle avait déchiré l'épaule sans pénétrer. Grâce à ma trousse d'urgence, je me suis lavé et désinfecté. Et d'une main, avec application, heureux de constater que la douleur diminuait, j'ai fixé un pansement de fortune et serré un bandage du mieux que j'ai pu.

Rhabillé, tous les sens en alerte, mais l'esprit un peu vide malgré un tel déploiement d'intelligence pratique, j'ai constaté que j'avais faim.

Une faim brute, anachronique, que la barre de chocolat vitaminé extraite de l'une des poches de mon battle-dress ne pouvait apaiser.

Je rêvais d'une grosse et bien tendre côte de bœuf grillée en provenance des abattoirs de Chicago. Des souvenirs, des parfums de barbecues et de femmes se bousculaient dans ma tête. Il y a des moments, comme ça, où l'on se venge du réel en s'accrochant à des bobards. Mais, là, l'illusion était presque trop parfaite. Le fumet d'une cuisson délicieuse montait vers mes narines. Un feu qui couvait sous la cendre de ma nostalgie. Je me sentais devenir fauve à l'affût. Prêt à suivre, pas à pas, la piste d'une proie encore invisible.

Je me suis mis à ramper. Et plus j'approchais du but et plus l'homme menacé que j'étais retrouvait les réflexes du chasseur.

Oui, j'étais décidé à lui faire la peau.

Il se tenait seul, à découvert, au milieu d'un cercle de lianes. Le soleil au zénith l'inondait de lumière et, de ma planque, je dus cligner des yeux pour identifier sa silhouette et tenter de scruter son visage. D'où j'étais, le petit mec – avait-il seize ou trente ans, impossible de le dire – constituait une cible parfaite pour mon P.M. J'aurais pu l'aligner illico. Il s'agitait autour d'un brasero de fortune sur lequel mijotait une marmite de riz, tandis qu'à côté grésillaient des espèces de brochettes.

Les autres, ses copains, ne devaient pas être loin, me dis-je. Et, ravalant ma salive, je me suis résolu à attendre avant d'agir. Ces deux ou trois minutes me paraissent, encore aujourd'hui, avoir duré des heures. Je l'observais qui allait et venait en sifflotant une mélancolique rengaine de son pays. Il avait posé son fusil contre le tronc d'un arbre abattu. La guerre ne comptait plus ; d'abord la tambouille. Tous ses gestes, chacune de ses mimiques primesautières, un tantinet efféminées même, exprimaient la sérénité de celui qui se sent chez lui, à l'aise, heureux de vivre. *At home.*

Caressant la détente de mon arme, j'ai encadré le cuistot à l'intérieur de mon viseur, cœur au centre. Une simple pression des doigts, et hop !

Je ne sais pas ce qui m'a pris. Au lieu de tirer, je me suis mis debout et me suis avancé vers mon ennemi. Il ne m'a pas vu tout de suite. Derrière la fumée de sa cuisine, j'ai dû lui faire l'effet d'une apparition magique dont il pouvait hésiter à reconnaître le caractère maléfique. Ni lui ni moi n'étions préparés à affronter une situation pareille.

Je marchais droit sur lui, le museau du P.M. dirigé vers le sol, sans la moindre intention hostile. Il me regardait, tranquille, immobile. Il me semble qu'un sourire lui était monté aux lèvres, interrompant son sifflotement.

Il aurait eu dix fois le temps de bondir jusqu'à sa pétoire.

Il ne s'est rien passé. Pas un mot non plus.

Je me suis arrêté à trois ou quatre mètres de

lui. Oui, il était très jeune. Quinze ans, ou quatorze ou treize. Il souriait toujours. Médusé, ou trouvant que j'étais bien con de ne pas l'avoir descendu. Et, soudain, il a lâché un petit cri aigu, comme s'il s'était brûlé en manipulant ses brochettes, avant de s'enfuir à toutes jambes dans l'épaisseur de la jungle.

J'ai subtilisé au passage quelques morceaux de viande cuits à point. Puis, à mon tour, sans me presser, j'ai traversé la clairière dans la direction opposée et me suis laissé engloutir à nouveau par la forêt tropicale.

Il n'y avait pas de quoi être fier. Ça n'allait pas tarder à grouiller dans le coin. Pourtant, je me suis senti comme soulagé. Résolu à marcher droit devant.

3

Alessandro il Grande m'aurait volontiers flanqué des baffes. Tout ça à cause d'une femme ! Cette Sonia, cette Française de disgrâce ! Hein, qui commande, dis, qui parle à la maison, elle ou toi ? T'as quoi dans le calbard ? De la lasagne, nom de Dieu !

Il n'avait rien compris, le papa, quand je m'étais engagé.

« Putain, avec tous les bons petits gars qui reviennent au pays estropiés, flanqués de béquilles, rivés à leur fauteuil roulant ou raidis dans un cercueil ! Imbécile ! »

Et le comble pour lui, à y perdre son piémontais, c'est que j'avais demandé à être versé dans une unité combattante.

« Tu te rends compte, Anna, disait-il à ma mère furieuse mais digne, ton connard de fils pourrait jouer du saxo dans une clique militaire. Non, môssieu préfère les rôles de dégoûtés. Si au moins il se prenait pour un héros. Même pas.

Il n'a que du malheur en lui. J'ai toujours dit qu'il te ressemblait avec ses idées bizarres sur l'amour, la vie, le respect de l'autre... Merde, *che cosa,* c'est quoi le respect de l'autre ? »

J'aurais pu, en effet, attendre de tirer le mauvais numéro. Plutôt que de me soumettre aux hasards de la conscription, j'avais choisi de me porter volontaire. Et c'est vrai que si j'avais sollicité une affectation dans la musique, je l'aurais obtenue. A cette époque, j'étais déjà l'un des bons professionnels de Chicago. Le Big Band All Stars me comptait parmi ses solistes et je continuais à me produire en petite formation dans les clubs de la ville comme je l'avais fait depuis l'âge de dix-huit ans.

Il Grande détestait le jazz. Il aurait voulu que je joue dans une philharmonie quelconque, pourvu que *O Sole Mio* et les airs d'opérette de Gilbert & Sullivan soient au programme. Quand j'étais petit, il me forçait à chanter, pestant contre mon filet de voix aigrelet. Faute de bel canto, il me dénicha des cours de mandoline. Mon professeur, un certain Benito Correnzi, rebaptisé Benny Curren pour les besoins de la cause, était certes un virtuose de l'onglet et de la corde grattée, mais sa passion, c'était le saxophone. Dans son studio de South Washburn, il en avait une collection fabuleuse, du soprano au baryton, en passant par l'alto et le ténor, des blancs, des noirs, des cuivrés qu'il astiquait comme des reliques. Avant mon cours, pendant qu'il faisait travailler Portale, le fameux Nick Portale, un autre scion de Rital, mon aîné de cinq ou six ans qui allait devenir mon idole, je passais des minutes sublimes à admirer les instruments. Un jour, Benny me dit : « Tu voudrais essayer, fiston ? »

Papa pesta un moment contre ce Romain dégénéré qui m'inculquait des idées de nègre. Pourtant, cette année-là, celle de mes neuf ans, quelle ne fut pas ma joie de recevoir pour Noël une clarinette d'occasion dans sa belle boîte noire tapissée de velours rouge !

« J'ai toujours pensé, dit-il, que tu finirais par souffler dans un biniou. Comme Benny. Pas ce minus du Trastevere qui, avec la *mandolina,* te cantonnait à des barcarolles de gonzesses. Non, l'autre, Benny Goodman. Un Blanc. Ça prouve bien que même les Blancs ont le sens du rythme, non ?... Tu vois, ce machin m'a coûté tous mes pourboires de six mois. Alors, vas-y, petit, défonce-toi ! Joue-moi la *Marche américaine* ! »

Je n'ai pas tardé à dépasser ses espérances. Très vite, Benny Curren a exigé qu'on me mette au saxo. Papa m'a giflé. Les cinq doigts de la main imprimés sur ma joue – une blessure à vie. Il a claqué la porte. On ne l'a pas revu à la maison de trois jours. Il est revenu, calmé, une fois digérée sa gueule de bois. Maman, elle, s'est mise à économiser. J'exultais. Bientôt, j'en étais sûr, mes parents et tous les gens du quartier, les Bronski, les Peduzzi, les Jakubowicz, les Monteleone et les Rappaport, me surnommeraient « Mister Sax » en me priant de jouer pour les anniversaires, les mariages et les bar-mitsvah.

Il Grande voulait aussi que je sois un cogneur, comme lui. Là, il ne fut pas déçu. Je me demande encore comment il s'imaginait que j'allais pouvoir poser des mains délicates sur une mandoline, alors qu'il m'entraînait à taper sur les palissades des chantiers de démolition. Il prétendait que ça me durcirait les phalanges. Il fallait bien, grondait-il, avec toute la racaille qui traînait dans les rues... Et puis, il y eut la boxe, le rugby. Au moins, de ce côté-là, l'école pouvait servir à quelque chose. Tant qu'on nous y apprendrait à être des hommes, des vrais, il était pour. Jamais il ne chipota sur le prix à payer. Il voulait que j'aille « loin » – qu'entendait-il par là ? C'était comme un rêve. Sa seule explication, si quelqu'un le poussait dans ses retranchements, consistait à déclarer, solennel : « Je suis fier d'être américain. »

Je tenais de maman, bien sûr. Doux, réservé, plutôt timide même – un romantique. Je détestais la violence. Je vomissais les mythologies viriles dont mon père nourrissait son personnage. Pitoyable. Une manière d'échapper à sa frustration, à son manque de vrai courage dans la vie... Plus tard, beaucoup plus tard, j'ai découvert sa liaison avec une belle Noire de Downtown, secrétaire dans une banque du Loop, qu'il retrouvait deux fois par semaine dans les quartiers chics. Ça durait depuis des années. Maman ne l'a jamais su. Quand elle est morte, peu de temps après mon retour de la guerre, Papa s'est installé chez l'autre. Elle s'appelle Maya. Elle obligeait Alessandro à l'accompagner dès que je donnais un concert à Chicago. Un soir, même, elle l'a traîné jusqu'à New York pour venir m'écouter au *Blue Note*. Puisqu'il avait pris sa retraite, il n'avait aucune excuse pour lui refuser ce plaisir... Je l'aime bien, Maya. Elle a du caractère. Il ne la méritait pas.

Faute d'être un cogneur, j'ai toujours été un costaud. Je lui dois au moins ça, à mon géniteur. Et c'est pourquoi il n'aurait rien compris à mon épisode du petit cuistot dans la clairière. Une bonne occasion de me traiter encore de dégonflé.

Parce que j'ai trop aimé, j'ai appris l'art de la guerre. Souffrir conduit parfois un homme à l'excès tragique.

En dépit des apparences, je ne suis pas un tueur. Je ne l'ai jamais été. Une bête aux abois perd l'odorat, l'ouïe, le toucher, le sens de l'orientation, le goût de la vie.

Sonia sait très bien ce que je veux dire, elle. Par cœur.

4

On se prépare. On se harnache, on s'organise. Prévoyant le pire, on se compose un personnage de dur à cuire. L'instinct lui-même se soumet à des plans. L'échafaudage tient. Rien ne peut l'ébranler. La vie ressemble à une combine. Bien goupillée. Ça mijote à l'intérieur de soi et le destin n'a pas plus de consistance qu'un pet mouillé.

Voilà ce qui sépare l'homme de guerre de l'homme ordinaire.

Et telle était ma disposition d'esprit au moment où je décidai de me perdre dans la forêt vierge.

Ailleurs, déjà, j'avais connu la frayeur et le vertige. Comme tout un chacun. Peut-être un peu plus que la moyenne. Civil, l'angoisse avait souvent tordu le cou à mes désirs. Au combat, je le savais, il n'y a qu'une seule façon de vaincre la lâcheté naturelle : s'immerger dans une vision panique du monde et exercer la loi de la terreur. C'est affreux, mais supportable, si l'on tient encore à sa peau. Au début, on se conchie, et on se tartine de haine de soi. Les maquillages guerriers qu'on s'applique sur le visage ne servent pas uniquement à tromper l'ennemi. Il s'agit avant tout de s'apprêter pour une parade d'intimidation, un mariage incestueux avec la mort. En général, ça marche.

A la longue, l'affolement des sens s'efface. Il reste un vide. On se creuse. Ce trou béant vous bouffe tout, le corps et la pensée. La morale en a fait une vertu qu'elle appelle le courage.

Dans ces conditions, je suis sans doute un homme courageux.

Je défie qui que ce soit de ne pas se mettre à hurler à l'unisson de la meute quand l'ordre tombe d'affronter la mitraille. On fonce et on ratisse. Invincible. La véritable menace se trouve derrière soi. Dans la mémoire de ce qu'on a laissé là-bas. Et c'est elle qui vous pousse au cul, en réalité. Moi, ma bravoure s'appelait Sonia. Le souvenir du mal qu'elle m'avait fait m'empêchait d'être aussi dingue que tous les gars qui semblaient se délecter du carnage. Quelles pouvaient bien être leurs blessures à eux ? Difficile à dire, sinon à partir de bribes d'aveux à l'emporte-pièce, pas vraiment dignes de foi. Au cantonnement ou en manœuvres, chacun s'isole dans sa bulle, se préserve, s'apprête à résister. Une fois sur le terrain d'opérations, il y a intérêt à se persuader qu'on est solidaires les uns des autres, comme si les jambes de chacun couraient sous le ventre d'un immense mille-pattes.

Jusqu'à ce que votre propre histoire vous rattrape. Et que, à nouveau, vous vous retrouviez seul, face à vous-même.

La jungle, avec sa touffeur et sa luxuriance, est un cocon de rêve. Peuplée de cris et de présences invisibles, elle vous enserre dans un mirage de jardin d'Eden, vous enveloppe, traîtresse, de caresses maternelles.

Je me sentais bien. Plus que bien. A l'aise, satisfait. Un veinard. Léger comme un ange renaissant.

Je marchais depuis des heures, insensible à la fatigue et à la douleur. Je me disais que j'allais mourir bientôt. De soif, d'épuisement, des fièvres, ou bien dévoré par une bête sauvage. Mais, curieusement, plus s'évanouissait l'envie de me battre et plus l'idée du bonheur me paraissait sérieuse. Tout ce chemin parcouru pour ça !

En vérité, dans cette forêt exubérante, je m'étais déniché un tombeau à la mesure de ma solitude. Par moments, d'ailleurs, je sifflais des bouts de *Solitude*, cette magnifique ballade de Duke Ellington, et vers les futaies tentaculaires montait une mélopée qui faisait taire le bruissement infernal de la nature sauvage. Heureux de cette victoire, je me suis mis à chanter à tue-tête l'improvisation que j'aurais aimé broder sur ce thème, mimant sur mon fusil-mitrailleur les gestes du saxophoniste inspiré.

Difficile d'exprimer ce mélange d'exil absolu et de jouissance extrême. Pour le comprendre, il faut avoir soi-même fermé les yeux sur une quinte mineure, senti le frisson d'un triolet à contretemps descendre le long de son échine. Banal de dire que ça ressemble aux fulgurances de l'amour physique. Et pourtant... La différence est qu'une mélodie, aussi vibrante soit-elle, ne reproduira jamais le calme et la tempête de l'acte sexuel. Elle s'entortille autour, caresse de loin, espère, imite, mais n'éjacule pas. Une manière de moduler le rythme, de transformer l'écoulement de l'existence en une sarabande de doubles croches...

Improviser sur *Solitude* tout en me demandant où et comment j'allais mourir avait quelque chose de puéril. C'était aussi bête que faire l'amour à Sonia sans peur ni reproche, alors qu'elle m'avait déjà quitté !

Jouer en solo m'a toujours ému aux larmes.

Même en petite formation, en trio ou en quartet, il est rare de pouvoir s'évader, s'abstraire d'une stimulation collective. On y prend le goût des petits bonheurs éphémères. Et si l'on trébuche, cela ne s'entend pas. La faute contribue, au contraire, à illustrer la compétence des autres. Quand ça fonctionne au quart de poil, chacun a l'impression d'être invincible.

Seul, ce n'est pas la même histoire. Le risque est de se sentir inutile, verbeux – de trop dans le paysage. Pourquoi s'accrocher à des trilles funambulesques, se complaire dans des glissandi sans fond ?

Se créer des états d'âme n'enrichit pas nécessairement. Ils peuvent aussi mener à la perdition. Un artiste, un musicien plus encore, sait de quoi je parle. Un guerrier, a fortiori.

Je marchais toujours. Mon allure devait être aussi lente et contournée que celle du chant intérieur qui me soutenait. Mes bras, mes jambes, de toutes leurs forces, me donnaient le sentiment d'avancer *allegro vivace.* Au bout de plusieurs heures, à force d'allers et de retours, de surplace, de repentirs et de volte-face, j'avais dû parcourir deux ou trois kilomètres, pas davantage. Lorsque je me suis décidé à bivouaquer, je n'avais pas la moindre notion de l'endroit où je me trouvais. Mes variations autour d'un thème ne m'avaient conduit nulle part. Juste au cœur d'un autre air bien connu, *Money Jungle.* Comme à Chicago. Un univers hostile m'encerclait, pas vraiment plus dangereux que le corset urbain d'où je venais. Pareil.

Après avoir allumé un grand feu protecteur, je me suis fabriqué un lit de fortune, matelassé de feuilles d'arbre géantes. J'aurais donné cher pour une bonne tasse de café. J'étais crevé. Autant dormir. Rêver peut-être, comme disait Hamlet. Les outrages de la fortune, mon cul !

J'ai grillé deux cigarettes, l'une après l'autre. J'en avais toujours sur moi, surtout en cas d'opérations de commando. Avant de terminer la seconde, une lassitude lourde, réconfortante m'a enveloppé. Le sommeil m'est tombé dessus comme pour me souffler à l'oreille que, si je ne me réveillais jamais, ça n'avait aucune importance. J'y ai plongé sans défense. Prêt à en finir.

Tout ne faisait, en réalité, que commencer. Ou plutôt, recommencer.

5

C'était cinq ou six mois avant le début de la guerre. Je venais d'arriver à Paris, première étape d'une tournée européenne au sein du quintet de Chet Broker.

Dans ces années-là, la ville avait encore son visage de carte postale jaunie, celui d'une vieille dame fatiguée mais élégante, toujours sûre de ses charmes. Entre deux âges : nostalgique des frasques anciennes, frémissant encore de ses coupables penchants sous l'Occupation, tout émoustillée par la liberté retrouvée qui n'en finissait pas de se bercer de souvenirs existentialistes, et sur le point de se refaire une jeunesse en découvrant tout d'un coup que, sous ses pavés usés, subsistaient des plages vierges, l'espoir d'une nouvelle vie.

Aujourd'hui, alors que j'écris ces lignes dans ce même hôtel de la rue de Seine où Sonia m'avait rejoint pour la première fois, tout semble avoir changé. Paris se donne des airs de pharaonne blasée, mais au-delà des apparences, si l'on y regarde bien et à condition de la serrer au plus près, de la reluquer un peu sous ses falbalas, on la sent prête à s'amouracher du premier maquereau venu comme une pute romantique d'antan, décidée à se laisser séduire, folle, ouverte, par des garçons sans foi ni loi.

J'aime Paris. Je suis revenu m'y installer parce que l'Amérique et moi, ce n'est plus qu'un vaste malentendu. De l'insuffisance respiratoire, une allergie, de part et d'autre. Jon Della Vita est désormais considéré là-bas comme un ringard. Il n'y a plus de Mister Sax. Presque une légende, à une époque ; juste un musicien de genre, désormais. Avec un passé. « Vous vous souvenez son impro sur *Body and Soul* au Carnegie dans les années... », soupirent quelques spécialistes.

Ici, à Paris, on vient m'écouter sans préjugé quand, d'aventure, je peux servir d'appoint à un orchestre de passage. Et les vieux copains pensent à moi, de temps à autre, pour une session ou un bœuf.

Quand j'ai découvert Paris, je ne me doutais pas que j'y finirais ma vie. Je me souviens de la joie et de l'innocence de ce premier contact. Bill, le contrebassiste, et Jack, le batteur, m'accompagnaient, au début, dans mes virées touristiques et dans mes déambulations des petits matins. Buddy, le pianiste, rentrait toujours plus tôt, parce que sa femme et son gosse l'attendaient. Chet, lui, plus taciturne que jamais, oubliait ses conquêtes de la veille en sombrant, trop vite à notre goût, dans les mirages de la fumette et de la piquouze. Il préférait traîner à la terrasse des bistrots qui ouvraient à l'aube ou se terrer dans sa chambre d'hôtel. Son deuxième divorce piétinait. A la première occasion, il s'était tiré loin de sa Californie natale.

Il me fallut, quant à moi, une semaine pour remarquer que, tous les soirs, au *Chat-qui-pêche*, une fille s'installait tout près de la scène où nous jouions. Je n'y avais pas prêté attention. Ou si peu. Persuadé a priori que, si elle était là, c'était pour Chet. Le beau gosse. Le tendre et dévasté prince de la trompette. Quand, mèche blonde balayant ses yeux clos, dos voûté, il attaquait *Stardust*, elles se pâmaient toutes. Malgré la beauté lyrique du morceau, il y avait des soirs où ça nous faisait plier de rire, Bill et moi. Oh ! ni lui ni moi n'avions à nous plaindre ! Le contrebassiste noir, un balèze, une bête à cou de taureau, ne craignait rien, côté drague. Une fois sur trois, au moins, il levait sa proie. Et, souvent, il ne s'en donnait pas la peine. « T'en fais pas, mon frère, me soufflait-il, je reste avec toi ! »

J'étais nettement le plus jeune du lot. Ils me maternaient, les potes. Même Chet, qui prenait des airs de tonton surveillant en chef. Ça ne me déplaisait pas. Ils étaient ma famille.

Une nuit, Bill m'avait présenté une call-girl de la Madeleine, un bijou qu'il s'était payé trois ans plus tôt, lors de son précédent voyage à Paris. « Je te l'offre. » Pour mettre un terme à ses discours sur mon éducation sentimentale, j'avais accepté le cadeau. A une condition : qu'il le raconte à Chet et qu'on cesse de me traiter comme un môme.

A vingt-trois ans, il est vrai, j'étais encore puceau. Ou presque. Les séances déculottées avec Jessica, la fille de nos voisins Rappaport, m'avaient rendu plus irascible qu'heureux. A quinze ans et demi, on a vite fait d'attraper le virus de la jalousie. Elle m'affolait, avec ses mines de courtisane blasée. Elle me jouait la comédie de la séductrice propriétaire des cœurs de tous les gars du quartier. Même le jour où je la déflorai, elle ne voulut jamais admettre qu'elle était vierge. Je la crus, jurant de ne plus la revoir. Bien sûr, quelques mois plus tard, je succombai à nouveau... Nous étions partis à quatre en voiture : Jessica, son frère aîné Julius, qui conduisait, Roslyn, sa petite amie, et moi. Je devais jouer dans une boîte de la rive ouest du lac Michigan, à une cinquantaine de kilomètres de Chicago. Julius avait insisté pour organiser la sortie. Comme je tentais de refuser, il menaça de tout dire aux parents. Jessica m'avait trahi ! Au lieu de fuir, comme à mon habitude, je décidai de me venger. Cette fois-ci, c'était moi qui prendrais l'initiative ! Pendant que Julius peloterait Roslyn dans un pré, moi je pourfendrais la traîtresse dans la bagnole ! Et je la plaquerais ensuite. Définitivement.

Aujourd'hui, Jessica, grand-mère, se morfond dans la banlieue de Flint avec son pochard de mari, un bon ouvrier victime d'un licenciement économique aux usines General Motors. La dernière fois que je l'ai croisée, à Chicago, il y a presque vingt ans, je l'ai trouvée laide.

La fille du *Chat-qui-pêche* ne venait pas pour Chet, mais pour le jeune saxo alto Jon Della Vita... Dialoguer avec les phrasés tristes mais lumineux du trompettiste relevait d'un ravissement que j'ai rarement expérimenté avec d'autres artistes. Il n'y avait aucun temps mort où mes pensées auraient pu échapper à l'emprise sensible de la ligne mélodique. Pas une seule syncope mal cadrée qui aurait ouvert une brèche vers l'espace enfumé de la salle.

Bill, penché sur sa contrebasse, dut s'y reprendre à trois fois avant que je saisisse, en plein *da capo* de *Night in Tunisia*, le sens du message hurlé à mes oreilles : « Fiston, t'as le ticket avec la brune du premier rang ! Là, sous ton pif, j'te dis ! »

La fille devait comprendre l'anglais. Quand mes yeux s'abaissèrent sur elle, au moment où mes lèvres pinçaient l'anche du saxo pour sortir le *si* bémol suraigu du point d'orgue final, elle me fixait, extatique, sa grande bouche ouverte par un large sourire entendu. D'un air de dire : oui, oui, il a raison ton copain, tu es magnifique, c'est toi que je veux. Incapable de tenir la note, je fis un couac et me détournai. Chet, rivé à son embouchure, me foudroya du regard.

La suite relèverait de l'anecdote si elle n'avait changé le cours de ma vie. Le dernier set terminé, comme d'habitude, nous prenons un verre au bar avant de décamper. Mon admiratrice se précipite sur Chet qui la prend par l'épaule, mi-enjôleur, mi-protecteur. A croire qu'ils se connaissent depuis longtemps. Ils s'appellent par leurs prénoms : son nom à elle c'est Sonia. Je ne fais rien. Je ne dis rien.

Bill me bourre les côtes de coups de coude. Me pousse en avant. Sonia me dévisage. « Je savais que vous alliez vous planter ce soir. Vous jouez si net, si juste, le reste du temps. Presque trop parfait... Vous ne croyez pas ? » Chet, penché sur son whisky, grogne en signe d'approbation.

Je me souviens encore de l'impression que me fit la voix de Sonia à cet instant. Profonde, suave, sensuelle – comme un classique de Sarah Vaughan. Une espèce de légèreté triste qui vous saisissait aux tripes et ne vous lâchait plus. Le genre d'angoisse indéchiffrable que j'éprouvais à chaque fois que j'attaquais *Summertime* au saxo... Par contre, j'aurais été incapable de la décrire, elle, sur le moment. Plus qu'un corps, c'était une silhouette. Plus qu'un nez, des yeux, une bouche, c'était un monde inexploré de sensations. La beauté de Sonia ne se référait, pour moi, à aucune des catégories esthétiques en vigueur. Cette fille était une apparition.

Sonia a quitté le *Chat-qui-pêche* en compagnie de Chet.

J'ai erré tout le reste de la nuit, me préparant une bonne gueule de bois.

Toute la journée du lendemain, je me suis demandé si je n'allais pas plaquer le quintet. De retour à la boîte, j'ai dit à Bill que je ne me sentais pas la force de jouer, ce soir-là. Il a parlé à Chet, et Chet m'a pris à part. « Laisse tomber, Jon. C'est pas une gonzesse pour toi. Tu vas souffler dans ton biniou comme un dieu, pas vrai ? A nous faire chialer... D'ailleurs, je te signale qu'il ne s'est rien passé entre elle et moi. Je l'ai raccompagnée chez elle. Ou plutôt chez son mari. T'as compris, gars ? Son mari. Déconne pas, Jon. On démarre sur *Work Song*, en *fa* majeur. O.K. ? »

J'ai insisté jusqu'à ce qu'il me donne l'adresse. Ou bien je ne jouerais pas. Par bonheur, Chet s'en souvenait. J'aurais pu lui casser la gueule, autrement.

6

Sonia était une forêt vierge, un fourre-tout d'images, un lâcher de ballons multicolores, une boîte à idées sans fond. Une fille désordonnée, étouffante. Un piège. Aussi imprévisible et aussi peu convenable qu'un blasphème proféré à mi-voix.

J'étais trop jeune, à l'époque, pour pouvoir apprécier à sa juste valeur une telle complexité de sentiments et de sensations. Mais, avec le recul, je me dis que l'âge et l'expérience sont de peu de poids face à la merveilleuse et terrible évidence de la passion.

Aujourd'hui encore, Sonia ne se laisse enfermer dans aucune métaphore.

Elle m'embarrassait, me torturait l'esprit, venait fouiller derrière chaque note qui trottait dans ma tête. Moi qui, jusque-là, avais été si sûr de la moindre des appoggiatures, je doutais même des grilles établies du blues le plus classique. Le sens de l'improvisation m'échappait.

C'était comme si tout mon bagage de musicien se délitait d'un coup. Je n'arrivais plus à m'abandonner. J'empruntais, citais, copiais. Coincé. Recroquevillé. Ma vie se mettait à ressembler à du solfège. Je décomposais les temps, j'ânonnais, hachant menu ce qui aurait pu, si je l'avais voulu, devenir une belle mélodie.

Sonia était vivante, c'est tout. Ni garce ni désaxée. Simplement vivante. Protégé depuis l'enfance par cette gangue un peu irréelle d'un univers peuplé de sons, je me trouvais soudain plongé dans un milieu étrange où les mots et les gestes comptaient davantage. Contrôler ma respiration, pour tirer le meilleur de mon saxo, se transformait, dans la vie pratique, en un exercice stérile qui m'épuisait. Tel un grimpeur novice, je m'asphyxiais à escalader des gammes déboussolées. A force de chercher le ton, arcbouté sur des silences prolongés, il n'y avait plus aucun tempo.

Chet râlait. « Si tu continues, fils, tu seras juste bon à faire les bals du samedi soir. »

Un jour, je lui ai demandé de me refiler de la coke.

Il a regimbé, me traitant de petit con. Sans doute se sentait-il coupable, parce qu'il avait fricoté avec Sonia. C'était mon idée fixe, bien que jamais je n'en aie eu la preuve. Cette obsession me gâchait mon plaisir. Bêtement. Sonia en riait. Elle me trouvait puritain. « Pisse-vinaigre », disait-elle. Et cependant, les heures que nous passions ensemble étaient heureuses. Des impros fulgurantes au milieu d'un vaste trou noir où toute musique se déglinguait, bizarre, méconnaissable.

Pour éviter un malentendu, je précise tout de suite que la drogue ne fait pas partie des problèmes de mon existence. Je sais bien que le folklore du jazz, surtout dans ces années-là, pourrait laisser suggérer des dérives palpitantes. Hormis cet épisode parisien, la question ne s'est pas posée pour moi. C'est comme ça...

J'ai vu crever Chet. Claquer, oui. Ne pas s'en sortir. Croire que son génie allait combler son manque d'amour. Imaginer que la musique lui ferait oublier son incapacité à bander... Quand il est mort, deux ans plus tard, moi j'étais ailleurs. L'histoire de son overdose, rapportée par les journaux et embellie par les récits des anciens potes, je ne l'ai découverte qu'à mon retour de la guerre. J'avais choisi une autre forme de combat : l'illusion, tellement plus stupéfiante, de la peur au ventre. Et des couilles hypertrophiées, douloureuses, abandonnées par le désir de vivre vraiment – juste pour le spectacle. L'éclatement, la dispersion de soi. La vengeance.

Le soir où Chet m'a donné la fameuse dose de came, j'ai joué comme un dieu. Sonia n'était pas là. Retenue par ses « obligations » – c'était son mot – « en vadrouille » – c'était mon fantasme. Je n'occupais que les interstices. Intérimaire. En supplément. Même si, au lit, elle me jurait son amour. Et, dans ces moments-là, je n'avais aucune raison de douter de sa sincérité.

Sur le thème de *I can't give you anything but love*, lancé à un rythme d'enfer par la trompette de Chet, je me suis embarqué dans un solo inépuisable. Un quart d'heure de plaisir solitaire. De folie meurtrière, à démolir mon saxo, ma carcasse, mes poumons, mes lèvres... Chet, complètement *stone*, hochait de la tête, en signe d'approbation. Mais, fuyant de plus en plus loin, giclant de plus en plus haut, je me fichais bien de sa réaction et de celle d'un public médusé. Ah ! si j'avais pu me faire péter la rate ! Ça montait, descendait, regrimpait, sur la corde raide. Il n'y avait pas d'arpèges assez inédits, de dissonances assez vertigineuses pour calmer mes frissons, enrayer ma fièvre, endiguer la force de mes visions. Pourtant, jouer comme ça ne menait à rien. Combler un vide n'est qu'une apparence de création. Je me contentais de la jouissance pure.

Per se, disait mon père quand il me reprochait ma façon de boxer en dedans, de me produire sur un ring comme si j'étais à l'entraînement, concentré sur ma seule personne, esquivant et frappant les ombres du miroir de la salle de gym plutôt qu'un adversaire réel. Encore aurait-il fallu que les coups portent. « Rentre-lui dans le lard ! hurlait Alessandro il Grande, derrière les cordes, dans le coin du soigneur. Ajuste ton direct ! Place ton gauche, bon sang, ton gauche ! Au foie, au foie ! Assez de style, de jeu de jambes, frappe, frappe pour de bon ! »

Papa n'avait pas tort. J'ai pris, au cours de ces tournois intercollèges, plusieurs raclées mémorables à cause de mon élégance désinvolte. Et si je m'énervais enfin, me lançant dans une série au corps forcenée, c'était pire encore. L'autre me cueillait en contre, d'un uppercut au menton, et je me retrouvais au tapis, compté jusqu'à huit, sauvé par le gong.

A la guerre, j'ai appris à me méfier des faux-semblants du savoir-faire. On découvre que le fond est plus important que la forme. En matière d'art, c'est la même chose. Tu te fais du bien, O.K. Mais s'il y a de l'amour, c'est mieux.

« Quand t'auras fini avec tes conneries, me reprochait Billy le contrebassiste, tu pourras peut-être commencer à grandir. »

Pour oublier mes lubies, il aurait suffi que je me considère comme verni. N'avais-je pas une maîtresse sublime ? Et Paris était Paris, non ? Mais l'orchestre avait d'autres engagements. On n'était plus que pour une petite semaine au *Chat-qui-pêche*. Nous allions partir pour Milan, Amsterdam et Francfort, avant la tournée des festivals d'été, à Juan-les-Pins et Montreux.

Sonia ne m'appartenait pas, je le savais. Et il avait été clair, depuis le début, que nous nous quitterions par la force des choses. L'ennui, c'est qu'elle se comportait au jour le jour comme si notre relation était durable. Elle avait une façon si troublante de rejeter le temps et les contraintes. Sa liberté de mouvement, sa légèreté s'appuyaient sur un discours d'une solidité paradoxale. J'avais du mal à la suivre. Pas uniquement à cause de la langue, puisque Sonia parlait un anglais convenable. Mais elle proférait affirmation sur affirmation, si bien que, dans mon esprit, tous ses propos se mêlaient, sans que je fusse capable d'y discerner une hiérarchie ou un ordre d'urgence. D'où mes nombreux faux pas, et l'erreur qui faillit m'être fatale.

Nous nous étions donné rendez-vous au café de Cluny, en fin d'après-midi, avec le projet de passer la soirée ensemble. C'était jour de relâche au *Chat-qui-pêche.* A notre programme : un film de Wilder dans un cinéma de la rue Champollion – *Sunset Boulevard,* je crois –, une choucroute à la brasserie Balzar et quelques heures à mon hôtel, avant une séparation difficile en pleine nuit...

J'étais attablé devant un café noir quand elle est arrivée en compagnie d'un type qui la tenait par le bras.

« Mon mari », me dit-elle avec un sourire

qu'élargissait un rouge à lèvres écarlate, inhabituel chez elle. Je la fixai, médusé. Elle était décorée, de la tête aux pieds, comme à la parade. Gominée, maquillée, embreloquée de bijoux extravagants, sapée, bourgeoise. Méconnaissable.

Lui, la quarantaine bien sonnée, portait sobre mais beau. Très chic intello. Costume de velours anthracite. Chemise de soie blanche ouverte jusqu'au troisième bouton sur un poitrail débordant de poils grisonnants. Cheveux longs et noirs – se teignait-il ? – tombant sur le col avec une souple nonchalance. Il avait un profil d'aigle, un visage émacié, creusé de rides précoces, des yeux d'un vert métallique, un regard aigu qui me pénétra et me fit rougir.

« Très heureux de faire votre connaissance, Mister Sax. »

Je rêvais ?

Je ne savais rien ou presque de ce type, et lui m'appelait par mon surnom le plus familier ! Sonia avait bien, d'une manière vague, évoqué un professeur de la Sorbonne dont elle avait été l'étudiante et la maîtresse avant de devenir, un jour, son assistante et son épouse. Des informations que je m'étais empressé d'enfouir sous un magma de mauvaises raisons. Sonia avait un métier, une passion pour l'histoire des religions, peut-être même un but dans l'existence. Comment avais-je pu l'ignorer à ce point ? Pas banal, un musicien sourd et muet ! J'étais peut-être un des meilleurs saxophonistes de jazz de ma génération, mais il me restait beaucoup à apprendre...

« Mister Sax ! »

Ce n'est pas la jalousie qui m'envahit immédiatement, mais un irrépressible sentiment de rejet, un mouvement d'antipathie d'une rare violence. Il venait de me « rentrer dans le lard ». L'écho de la vieille expression paternelle me tira illico de ma paralysie mentale.

C'est alors que j'ai découvert que Sonia existait. *Per se*, elle aussi. Jusque-là, je ne l'avais pas regardée – enfin, pas avec l'attention, le recul dont dépend l'intensité d'une relation. Je la baisais. L'exaltation physique me servait de bouclier. La force du désir se donnait des allures de conviction amoureuse, et je me croyais sincère... Parce que la vie, toute forme de vie, commençait avec moi, j'avais décidé que la sienne – impalpable, inconnue – se limitait à ce présent que nous partagions. Voilà un défaut de vision auquel succombent beaucoup d'amants innocents ou immatures. Je n'ai pas d'argument plus probant à invoquer pour ma défense, car en réalité, je n'appartenais pas à cette race d'égocentriques capables de ne s'oublier qu'en niant l'existence de l'autre.

Ce jour-là, accompagnée de son mari, elle m'a balancé soudain, en pleine figure, cette vérité d'évangile : Sonia était Sonia, et moi, Jon Della Vita. La fusion n'avait lieu que dans mon esprit égaré. Sa bouche cerise n'avait pas besoin de mes lèvres pour fleurir, ses yeux incendiaires ravageaient tout ce qu'ils balayaient ; son ample chevelure brune, ses seins ronds et fermes, son ventre dur épousaient les soubresauts de la respiration générale du monde alentour, loin de l'emprise de mes doigts. Son sexe, me dis-je accablé, d'habitude si disponible à mon égard, était hors d'atteinte.

« Robert Robert. »

Sur le moment, j'ai cru que le prof de la Sorbonne se foutait encore de moi avec ses présentations ridicules. Je savais bien que Sonia s'appelait Robert.

Il insista, en souriant : « Nom : Robert. Prénom : Robert. » Et il ajouta, très sûr de lui : « Bob, pour les amis. N'est-ce pas, Sonia ? »

J'avais envie de lui balancer mon poing dans la gueule, à Bob. Mais Sonia avait l'air d'être si heureuse... Qu'est-ce qui lui était passé par la tête pour provoquer une telle rencontre ? Peut-être souhaitait-elle me signifier ainsi la fin de notre liaison ? A moins qu'elle n'ait éprouvé un bonheur pervers et singulier à réunir les deux hommes qu'elle aimait... Je me suis imaginé le pire. Je la détestais.

En réalité, il s'agissait de bien autre chose,

d'un scénario dont j'étais à mille lieues de pouvoir soupçonner les prémices.

Bob nous a invités à dîner. J'ai accepté, suivi le mouvement.

La conversation a été banale, tendue, de part et d'autre. Le tourisme à Paris, les catastrophes naturelles aux Etats-Unis, la douce météo des pays tempérés, cinéma et littérature, la musique... Bob haïssait tout ce qui venait d'Amérique, à l'exception de sa collection d'art indien, ces populations « extra » que « nous » avions massacrées... Ma mère juive et mon père rital n'auraient pu se targuer que d'un seul holocauste : celui des cafards qui hantaient les tuyauteries des quartiers populaires de Chicago. Mais je n'ai pas eu l'aplomb de le lui dire. De toute façon, selon Robert Robert, le jazz n'arriverait jamais à la cheville de la moindre sonatine de Mozart. Je n'avais rien à lui rétorquer. Ses rodomontades me laissaient indifférent. Je n'avais d'yeux que pour Sonia. Elle seule montait au créneau, presque toujours en désaccord avec son mari. Et cependant, elle finissait chaque fois par céder du terrain, courber l'échine. Elle se soumettait. A quoi jouait-on ? Qui était le dindon de la farce ? A plusieurs reprises, j'ai failli me lever pour mettre un terme à cette sinistre comédie.

Il passait entre ces deux êtres une électricité

si terrifiante que j'en demeurais tétanisé. Je suis resté. Jusqu'au bout. Et au-delà...

Ce qu'au début de la soirée j'avais pris pour de la joie chez Sonia n'était que de la peur. Mais comment, prisonnier de l'étroitesse de mes propres sentiments, aurais-je pu le soupçonner alors ?

Bob exerçait sur elle un ascendant dont je me rendais compte peu à peu. Sur moi aussi, d'ailleurs. Et pourtant, d'un seul coup de poing dans sa gueule d'oiseau de proie, j'aurais pu l'étaler. Combien de fois, plus tard, n'ai-je pas regretté de ne l'avoir fait ? « Toujours tes hésitations à te jeter dans le combat », aurait dit mon père, immédiatement relayé par les reproches de Chet sur le retard infinitésimal de mes contretemps...

Bob me provoquait. J'esquivais. Je soignais mon jeu de jambes. Sans boxer.

Après avoir réglé l'addition, il a pris la direction des opérations. Pas question de finir la soirée sans aller prendre un verre « à la maison ». Il tenait « absolument » à me montrer ses poupées katchinas. « Absolument. » J'eus beau lui répéter ma parfaite incompétence en matière d'art amérindien, rien n'y fit. Et puis, Sonia me pria d'accepter. Il me sembla même qu'elle me suppliait.

La comédie de mœurs a tout de suite viré à la tragédie. J'avais trop bu déjà. Robert Robert s'était assuré que mon verre fût toujours plein. Je tenais bien l'alcool d'ordinaire, mais ce soir-là, fragilisé par la situation, je m'étais laissé glisser vers cette zone incertaine où le quant-à-soi cède le pas à l'impulsion.

Comme nous quittions le restaurant, un orage éclata. Nous avons couru sous la pluie battante jusqu'à la station de taxis de la place Saint-Michel. Serrés les uns contre les autres sur la banquette arrière, Sonia au milieu, nous nous sommes tenus cois. Après l'exaltation froide de la parole, ce silence subit paraissait condamner le trio à une épreuve préparée de longue date.

La cérémonie dans ce musée surchargé qu'était l'appartement du Champ-de-Mars fut pourtant de courte durée. Bob avait à peine trempé ses lèvres dans son verre de cognac quand il nous planta là, Sonia et moi.

« J'ai du travail, annonça-t-il d'un ton sec, je me retire dans mon bureau. Faites ce qu'il vous plaira, Mister Sax. Adieu. »

Je faillis lâcher la statuette hopi qu'il m'avait tendue, pour éviter de me serrer la main, j'imagine. Dès qu'il eut franchi le seuil du salon, Sonia éclata en sanglots. Je me précipitai vers elle et la pris dans mes bras.

« Que se passe-t-il ? »

Au lieu de me répondre, elle m'embrassa. Son baiser vibrait de l'énergie du désespoir. Des larmes coulaient le long de ses joues, tandis que sa langue s'enroulait autour de la mienne et que ses mains, ses ongles s'agrippaient à mon dos, à mes reins, s'immisçaient entre mes cuisses, frottaient mon sexe bandé.

« Viens ! souffla-t-elle.

– Pas ici, non, pas ici... », dis-je.

Mais sa façon de répéter ce « viens », entre supplication tendre et commandement éploré, me fit céder. Elle m'entraîna vers ce qui devait être sa chambre. Sur l'instant, je ne me posai pas la question de savoir si Robert Robert avait la sienne, séparée.

Sonia se déshabilla. Immobile, muet, je la regardais faire.

« Baise-moi ! ordonna-t-elle.

– Eteignons au moins la lumière..., articulai-je bêtement.

– Non... Baise-moi ! Tout de suite ! »

Elle exigea que je la prenne en levrette.

Le danger m'excitait. Pas elle, apparemment, puisque aux beaux hurlements de plaisir que je connaissais se substituait une espèce de gémissement grave et continu.

A peine eus-je éjaculé, qu'elle s'écarta de moi et se recroquevilla à la tête du lit. A genoux, je tentai de m'approcher. Elle me repoussa du bras, me lança un regard plein de fureur.

« Je te hais ! Je ne veux plus te voir. Jamais ! Fous le camp ! »

Groggy, je ne cherchai même pas les mots

pour discuter. Je filai vers le couloir pour fuir cet endroit de malheur.

Dans la rue, je me mis à courir. La pluie avait cessé de tomber et la ville nocturne brillait comme un sexe humide et fatigué. Ecœurante ! Je l'ai traversée sans m'arrêter, jusqu'à perdre le souffle. J'aurais voulu mourir.

Non, je ne reverrais plus Sonia !

Cette année-là fut celle de la révélation de Jon Della Vita, *alias* Mister Sax. Jamais je n'avais joué aussi bien, et mes prestations à Juan-les-Pins, Montreux et ailleurs me valurent des critiques dithyrambiques dans toute la presse européenne.

Ce ne fut que plus tard, à mon retour à Chicago, que j'appris la vérité sur cette soirée.

Sonia avait agi contrainte et forcée.

Sur ordre de Robert Robert.

7

Dormir dans la jungle est une expérience à la fois banale et monstrueuse. Rien ne sert de trembler ou de faire le fier. Seul, on ne rend de comptes à personne. Même les souvenirs les plus utiles se couchent sous une épaisse gangue de poisons distillés à la seconde près. Il n'y a ni projets ni vérité du moment. On glisse sur un radeau de silence. On s'approfondit au creux de rêves absents.

A la guerre, je n'ai jamais rêvé. Et encore moins cauchemardé. Comme si l'action me retirait tout droit à mijoter ma propre vie. On ne s'appartient pas. C'est pire que l'ivresse. Plus tu as l'impression d'exister au ras des tripes, et plus tu te dégonfles, plus tu voudrais être mort.

J'ai ronflé, innocent. A croire qu'aucune bête féroce ne me menaçait, qu'aucun doute ne m'assaillait. J'étais loin de tout. Enfin capable d'oublier, l'espace d'une nuit sauvage, la détresse, Sonia, la fragilité des corps, les demi-mesures, les enseignements d'un bout de vie. Ne demeuraient que les palpitations de l'instant, la couleur vierge des humeurs intestines, le cul serré malgré le sommeil, la gorge sèche, le poil hérissé de fatigue, l'amertume douloureuse des positions du tireur couché prêt à fondre sur son P.M. et pourfendre un adversaire invisible...

Pas de quoi se vanter.

Fermer les yeux et se gratter les couilles équivaut, dans ces conditions, à ramper à quatre pattes devant la vermine des jours passés qui vous bouffe jusqu'au fond du froc.

Et cependant, on est presque heureux. D'être vivant, de puer, de piaffer, de respirer, lourd, chargé d'explosifs prêts à l'emploi.

Je suffoquais dans cette atmosphère de serre chauffée à blanc. Ravivant les brûlures de ma blessure, une toux sèche me réveilla à plusieurs reprises, plus agressive que les fauves rôdant alentour. Je jetais des branches mortes dans le feu de camp auprès duquel je m'étais construit un abri. Les heures passaient et je survivais. Voilà l'unique souci auquel la pensée s'accroche, étranglée, dans ces moments-là : sentir le sang couler dans ses veines, le cœur battre dans sa poitrine, la peau rugir sous la piqûre des insectes, et anéantir la fermentation des instincts, se châtrer d'autorité, sans sourciller...

L'homme de guerre est un mort-vivant, un

zombie de carnaval. Il singe les gestes du quotidien, tout en s'imaginant qu'il rejoue la comédie de Troie ou celle des Thermopyles. Il a tout intérêt, d'ailleurs, à se croire dans un péplum d'Hollywood, sinon il est foutu. Peu importe qu'il joue le rôle du lâche ou du héros, pourvu que le film se déroule, sans illusion.

Cette nuit-là, je m'en souviens, je me suis dit que ma peau ne valait pas tripette. Et c'est pour ça que j'ai survécu. J'en suis sûr.

Si elle avait pu me voir, Sonia m'aurait suggéré d'oublier l'obscurité, de reprendre la marche en avant, de tirer dans le tas, sans me soucier de l'espérance d'une aube plus ou moins consolatrice... Et mon père : « Reste couché. Laisse-toi compter jusqu'à sept. Fais semblant. Respire. Ne t'écoute pas. Tant pis pour ton nez qui pisse le sang. A huit, tu te relèves et tu cognes... ! » Quant à ma mère, elle n'aurait pas osé la moindre supplique, même si elle avait dû en crever de frayeur et de honte.

Ce n'est pas la trouille qui me réveilla, mais la mollesse d'un petit matin épais.

Je me vautrais dans la touffeur gangreneuse de l'incertitude. Avec une terrible envie de savoir, nouée au centre du bide. Un formidable désir d'ouvrir les yeux sur un jour supplémentaire qui ne m'était ni offert ni nécessaire.

Je n'avais rien à dire. A qui me serais-je adressé ? A la voûte auréolée des arbres, à la noirceur d'une végétation d'apparence morte mais qui commençait à frémir sous les premiers rayons de lumière, aux bestioles qui couraient sur le dessus de mes mains posées à plat, le long de mon corps, prêtes à se saisir du poignard ou des grenades ?

J'étais encerclé.

Ça grouillait. Ils étaient suspendus aux branches, planqués derrière les lianes, accroupis dans les fougères géantes, tandis que les plus entreprenants se tenaient penchés au-dessus de moi. La gueule des fusils me narguait, m'obligeait à lever le nez vers ces ennemis dont, l'espace d'une nuit, j'avais choisi d'oublier la présence.

Je n'ai pas cherché à résister. C'eût été trop facile pour eux comme pour moi. Le coup du baroud d'honneur. Le dernier crochet du gauche avant le knock-out définitif... Je les attendais, en réalité, les petits mecs noirs. Depuis toujours. J'étais venu dans ce pays, non pas pour me battre, mais pour cette rencontre. Avec des gens inconnus. Des types dont je ne voyais pas pourquoi j'aurais eu envie de les castagner comme les enflures de South Chicago ou M. Robert Robert. Soldat, j'avais appris à me débarrasser des sentiments. Ce retour forcé à la solitude me redonnait la force d'accepter la vie que j'avais tenté de nier. Ils étaient là pour me descendre, les maquisards. Pas une seconde je n'ai douté que mon sort fût scellé. C'était bien, c'était logique.

Par gestes, ils m'ont intimé de me lever, de ramasser mon barda et de les suivre. Je ne me suis pas fait prier.

Nous avons marché pendant plusieurs heures à travers la forêt tropicale, et ensuite à découvert, sur un plateau s'élevant peu à peu vers des collines escarpées dans le creux desquelles se devinaient des villages encore épargnés par la guerre. Je savais que ça n'allait pas être du gâteau : on allait sûrement me questionner, peut-être me torturer. En tout cas, me retenir en otage avant de me flanquer trois balles dans la peau, le jour où je serais devenu un poids mort. Pourtant, je ne pouvais m'empêcher de goûter la beauté du spectacle. Plus nous montions, loin de l'étouffement de la jungle, et plus je me sentais bien, presque libre. Ma blessure à l'épaule ne me tourmentait plus. Avec le temps, j'étais sûr de guérir.

Nous croisâmes bientôt des troupes de guerriers de plus en plus fournies. Pas des bandes comme celle qui m'avait capturé, mais de véritables compagnies, aussi organisées que les sections de G.I's auxquelles j'appartenais, même si leur activité fourmillante ne correspondait ni aux codes ni à la forme de discipline que l'on m'avait enseignés.

Lorsque nous nous engageâmes sur la ligne de crête surplombant une mer de vallons s'étendant à l'infini, je me rendis compte, sidéré, que campait là une véritable armée. Cette région frontalière reculée où mes hommes et moi avions cru, deux jours plus tôt, porter le fer de lance d'une attaque de commando contre quelques trouble-fête faciles à réduire était en réalité le refuge de plusieurs divisions se préparant à débouler sur nos confortables garnisons de la plaine côtière.

On me conduisit, de l'autre côté d'une longue série de tranchées hérissées de fils barbelés et de casemates, jusqu'à une vallée large où s'étalaient des centaines de tentes dont la couleur verdâtre se confondait avec celle de la nature environnante.

Personne, parmi la multitude qui s'agitait, ne semblait me prêter la moindre attention. Quand je m'attardais un peu trop, fasciné par tout ce que je découvrais, le métal froid d'une arme plantée dans mon dos venait me rappeler à plus de discrétion. On me poussa ainsi jusqu'à un campement niché entre deux mamelons rocheux qui, irisés par les vibrations du soleil couchant, ressemblaient bizarrement à une paire de seins saillant du ventre d'une terre fertile.

On m'autorisa enfin à me reposer sous l'auvent d'une tente. Un type jeune m'apporta du riz et une espèce de ragoût de viande à la saveur indéfinissable. Je dévorai le tout, allumai une cigarette – on m'avait laissé mon paquet – et m'enroulai dans une couverture, la tête vide, bien décidé à me rendormir.

Le lendemain, malgré le raffut environnant, je me vautrais dans mon sommeil. Mon instinct de survie me commandait de subir. La soumission était une façon d'échapper à la pression de l'événement... Une main me secoua l'épaule. J'ouvris les yeux. Un visage fermé mais charmant m'apparut. C'était celui d'une femme. Ses traits fins étaient rehaussés par de magnifiques cheveux longs lissés et d'un noir de jais. Habillée comme un garçon, elle portait sa casaque guerrière avec une souplesse toute féminine. Une ceinture de toile lui ceignait la taille et l'échancrure du cou révélait une peau luisante dont les reflets jouaient des formes d'une poitrine épanouie. Elle se penchait au-dessus de moi et mon expression ahurie lui arracha un petit rire nerveux. A l'inverse de celles de beaucoup de ses copains, ses dents étaient d'une blancheur impeccable. Elle était belle, sous la lumière rasante de cette aube étrange.

Du coup, je fus tiré de ma prostration,

comme si cette apparition était venue me rappeler que la vie continuait et que j'appartenais encore au genre humain.

Dans un anglais un peu cassé, mais très compréhensible, elle me dit :

« Je suis votre gardien. Mon nom est Maï. Suivez-moi. »

Je m'assis et la scrutai jusqu'au fond de ses yeux sombres et inexpressifs.

« Où avez-vous appris à parler ma langue ?

– Mon père était...

– Votre père ?

– Pas d'illusions, Yankee ! Il n'avait rien à voir avec votre peuple, à part la culture. Il était professeur de notre université, avant la guerre de libération. Vous l'avez tué. Une bombe, l'année dernière...

– Je suis désolé...

– Debout ! »

Je me levai. Restée accroupie, elle m'observa un instant avant de bondir sur ses jambes avec l'agilité d'un chat. Elle était plutôt petite pour une fille qui m'apparaissait assez sexy. Ce qui me rappela, de manière insolite, que Sonia était presque aussi grande que moi.

Tandis que je marchais à côté de Maï, le thème de *Sophisticated Lady* se mit à me trotter dans la tête. Soudain, l'écho de mon saxo me frappa de plein fouet. Pour la première fois depuis mon arrivée sur le théâtre des opérations, il me manquait. Le silence intérieur que je m'étais imposé jusque-là me pesait.

Me précédant sur une centaine de mètres, Maï m'avait fait pénétrer à l'intérieur d'un labyrinthe naturel où, derrière un rideau d'arbres et de bambous, se nichait un bâtiment en dur. Une espèce d'école, ou peut-être un temple de conception modeste. Dans une immense salle vide et haute de plafond, une dizaine de types discutaient autour d'une table surchargée d'armes, de cartes, de marmites et de bouteilles. Le plus vieux d'entre eux vint vers moi et m'examina de la tête aux pieds. Son visage était grave, sans mépris ni haine. Dans un anglais impeccable, l'homme me demanda si j'avais faim ou soif. Je répondis qu'un verre d'eau me serait agréable, une cigarette aussi. Il acquiesça. L'un de ses acolytes se précipita sur un bol sale qu'il emplit d'un liquide translucide. Il trottina jusqu'à moi et me le tendit. Je le vidai d'un trait. Des larmes me vinrent aux yeux. C'était de l'alcool pur et fort, probablement de riz. Ils me regardaient tous, impassibles.

Alors, le vieillard me dit :

« Assieds-toi par terre. Tu peux allumer ta cigarette. »

Puis il me demanda mon nom, d'où je venais, ce que je faisais. Sans réfléchir, je leur racontai Chicago, les boîtes de jazz, Mister Sax et la musique... Pour la première fois, ils éclatèrent de rire.

« Tu n'as pas bien compris la question », articula-t-il en me serrant la gorge de ses doigts noueux, dont je sentis qu'ils auraient pu me tuer s'il l'avait souhaité.

Je déclinai mon matricule, mon corps d'armée, le nom et la situation de ma base, sans avoir l'impression de trahir des secrets militaires.

« Te fatigue pas, Mister Sax, me dit le chef, nous savons tout ça... depuis longtemps. Tu es du menu fretin. Qu'est-ce qu'on va faire de toi ? Une bouche inutile... On devrait te rebalancer au milieu de ces rizières où tu n'aurais jamais dû poser le pied et te laisser crever à petit feu. Mais pour l'instant, on va te laisser mijoter ici. On verra... Tu vas regretter d'avoir abandonné le saxophone. »

Faute d'arguments, je voulus sauver la face, à tout prix. Sur l'instant, ma seule façon de revendiquer mon statut d'homme de guerre fut de déclarer, un peu trop solennel :

« C'est pour me discréditer que vous m'avez confié à la garde d'une femme ? Vous êtes assez tordus pour croire qu'on peut nous couler comme ça, hein ? »

De nouveau, l'assemblée fut traversée d'une cascade de rires.

« Comme vous voudrez, sergent Della Vita, dit mon inquisiteur. Puisque vous y tenez, je vais vous montrer pourquoi nous allons gagner cette guerre. »

Il fit signe à ses comparses de s'installer en cercle autour de lui. Sans doute coutumiers de ce rituel, ils s'assirent tous en tailleur en respectant un rayon de cinq ou six mètres par rapport à leur chef et à moi, qui demeurions au centre. L'ancien n'allait quand même pas me défier en combat singulier !

Maï était restée près de la porte. C'était aussi à cause de cette présence discrète que je n'avais pas craqué. De loin, je le savais, la jeune femme avait assisté à la scène.

Le vieux lança un ordre. Au milieu de mots dont le sens m'échappait, je reconnus le nom de « Maï ». Elle vint nous rejoindre au centre du cercle.

A quel jeu pervers allais-je être livré ? Je me sentais perdu, incapable de réagir. Mon imagination se laissa envahir par le souvenir saugrenu des revues érotiques que je lisais en compagnie de Julius, dans les années 50, en rêvant aux cuisses et aux nénés de sa sœur Jessica. Au détour d'une page, il y avait presque toujours un Asiatique qui préparait des micmacs sexuels impensables, toujours suggérés mais jamais décrits... Un jour, mon père, rentré à l'improviste de ses courses en taxi, ou bien de chez sa maîtresse, m'avait surpris en pleine lecture dans les toilettes. Rouge de honte, tête baissée, fixant mon slip pollué et remonté à la hâte, j'avais bredouillé des excuses. Papa avait éructé, ivre de bonheur : « Vas-y, mon fils, vas-y ! Pas trop souvent, c'est tout. A force, tu pourrais te faire pousser des nibards de bonne femme. » Il avait ses expressions, comme ça, Alessandro il Grande. Plus tard, je me souviens, il lui prenait par exemple de m'attaquer sur les Khmers rouges, à l'époque des événements du Cambodge. Persuadé que j'étais rentré de la guerre avec des penchants coupables en faveur de nos ennemis, il ne manquait pas une occasion de m'agresser avec ses « mecs rouges ». « T'as vu, hein, t'as vu ce qu'ils font, tes potes, ces macaques ? T'as lu le journal, dis ? Les mecs rouges massacrent, les mecs rouges tuent, pillent, les mecs rouges te coupent les testicules en rondelles et se les mangent assaisonnées à la sauce de soja ! Je croyais que vous aviez fait le boulot, vous les jeunes ! Le napalm, ça vous fout les boules, hein ? Vous auriez dû en remettre une louche, plus étendue, partout là-bas ! » Il y avait longtemps que je ne discutais plus avec lui. J'essayais seulement de lui répéter que les mecs dont il parlait étaient des Khmers, des Khmers rouges... « Bon, bon, O.K., grognait-il, des sales mecs, quoi ! »

Maï salua son chef d'une courbette, se tourna vers moi et renouvela sa révérence martiale.

Puis, dans un mouvement très lent de rotation des bras et des jambes, elle prit la position du karatéka, un poing serré en avant, l'autre contre la poitrine, bien en appui sur ses membres inférieurs.

C'était donc ça.

Le vieux me donna l'ordre de me lever. Je lui lançai un regard de haine. Il me répondit par un sourire. Et il s'écarta pour laisser le champ libre aux combattants.

Avais-je le choix ? Je n'avais aucune envie de me battre contre Maï, même si elle était mon cerbère désigné. Mais après tout, je ne m'en tirais pas si mal. Une petite peignée contre une jolie femme, c'était toujours mieux qu'un passage à tabac ou la mort lente des poisons orientaux.

Comme je tardais à me remettre debout, l'ancêtre m'apostropha : « Allez, G.I., montre-nous ce que tu sais faire ! » Et les autres enchaînèrent sur un chapelet d'invectives dans leur langue, histoire de chauffer l'atmosphère, je suppose. Curieusement, ils réussirent ainsi à me sortir de ma léthargie. Le chahut me rappelait l'ambiance des salles de boxe provinciales, survoltée par les slogans que l'animateur braillait dans son micro. A ma droite, Maï, championne des hauts plateaux, ceinture noire, 53 kilos ! A ma gauche, Jon Della Vita, dit Mister Sax, 76 kilos, amateur, dix combats, une victoire, un match nul et huit défaites, dont trois par K.-O. et deux par arrêt de l'arbitre !

Je me mis en garde.

Maï attendit mon premier direct sans broncher. Elle l'esquiva sans difficulté en déportant le poids de son corps d'une jambe sur l'autre. Elle pouvait aussi bien me « fixer », rendant mes coups inefficaces, que danser autour de moi à la vitesse de l'éclair. Et, dès qu'elle le décidait, ses pieds ou ses mains me frappaient au ventre, au visage, partout, en un roulement de tonnerre. Mon entraînement au close-combat me laissait une marge de manœuvre. J'avais la force et la résistance pour moi en dépit de ma blessure. Et je tins la distance un certain temps. Mais je m'épuisai à balancer des séries qui n'atteignaient presque jamais leur cible. Et lorsque mon poing s'écrasait enfin sur une partie de son corps, elle parvenait toujours soit à atténuer l'impact, soit à en détourner l'énergie à son profit, m'envoyant valdinguer à quatre pattes sous le nez des spectateurs.

Au bout de quelques minutes de ce jeu, je commençai cependant à m'habituer aux gestes rituels de mon adversaire. C'était comme attaquer un morceau difficile, un ton et un tempo sortant de l'ordinaire, du *fa* mineur avec une mesure à neuf-quatre, et peu à peu en apprivoiser les pièges techniques. J'avais du mal à ajuster mes coups. Maï bougeait vite, se plaçait sans cesse à l'endroit où je ne l'attendais pas. De plus, malgré la hargne qui me revenait, frapper une femme, même dans ces circonstances, me semblait absurde.

Acculant soudain mon adversaire sur une position de déséquilibre, je parvins à lui décocher un swing. Maï tituba. J'hésitai. Du sang coulait à la commissure de ses lèvres. Je ne voulus pas profiter de son moment de faiblesse. Prenant son élan, elle bondit alors dans ma direction, véritable projectile volant. Immobile, je regardai cette bombe à double détente fondre sur moi. Un talon m'écrasa le foie. Sonné, je tombai à genoux. J'avais mal. La sueur, la peur, le stress m'ôtaient toute énergie. Je suffoquais. Qu'on en finisse ! Je n'allais pas me relever. Non ! *Finita la commedia !* Ils pouvaient toujours rigoler, les petits mecs noirs, et Papa aussi, et Sonia me charcuter les méninges, et Chet déclarer que plus jamais je ne serais capable de souffler dans un biniou, j'en avais plus rien à foutre de me faire étaler, lamentable, par une nana.

Si elle avait voulu, sur ces coups-là, Maï aurait pu me tuer. Je le savais.

C'est pour ça qu'elle devint, après Jessica et Sonia, la troisième femme de ma vie.

8

Jusque-là, le jazz m'avait toujours sauvé. De tout. De l'enfance, de la misère quotidienne, de l'ennui, de la jalousie, des frustrations adolescentes, et même de la connerie guerrière. Avec Maï, pour la première fois de ma vie, cette musique sans laquelle je devais ressembler à un poisson tiré hors de l'eau allait s'effacer de ma tête et de mon corps. On pouvait donc exister, délivré de cette pulsation qui vous tient en éveil permanent, ne vous lâche ni les tripes ni les méninges. Une autre façon de respirer...

Les lèvres de Maï n'étaient pas l'anche dont j'avais appris à jouer. Une forme, un goût inédits. Je ne savais rien de ces gammes-là, des airs qu'elle distillait sur des rythmes d'apesanteur. Si sûre d'elle dès qu'il s'agissait de mettre en pratique ses théories politiques, y compris en matière d'arts martiaux, elle dérivait sur un monde flottant quand on en venait à l'amour.

Peu importe le chemin qui nous mena l'un vers l'autre. Elle était ma geôlière, et moi son étranger. Elle exerçait sa mission avec un mélange de ferveur et d'indifférence que j'aurais du mal à décrire. Sa façon de me dorloter au jour le jour n'avait d'égal que sa discrétion farouche à manifester le moindre sentiment.

C'est elle qui, une nuit, vint en secret s'allonger près de moi, attendant patiemment mes premiers attouchements. Mais je fus le seul à utiliser des mots d'amour. Elle n'y répondait guère, bien qu'elle en comprît parfaitement le sens. Cette forme de soliloque me désolait et m'excitait à la fois. Le contraire de Sonia dont le bavardage au lit exaltait mon plaisir tout en renouvelant mes angoisses...

Maï ne voulait pas que ses camarades de combat puissent entretenir le moindre soupçon. C'était sa faiblesse et sa force. Sur ce point, elle avait été claire, même suppliante, se moquant d'être prise en défaut. J'aurais pu tirer parti de cette crainte panique qui, parfois, lui interdisait de livrer son corps. Je n'en fis rien et lui promis plutôt de veiller à son confort. Ce renversement progressif des rôles resserra nos liens amoureux.

Comme le temps passait, nous ressemblions

davantage à un vrai couple d'amants, isolés, fragiles, meurtris, mais passionnés. Le danger était permanent. Malgré nos précautions, nous risquions toujours d'être surpris. Et surtout, les aléas de la guerre pouvaient nous tomber dessus à tout moment. Cette évidence nous délivrait des ivresses inutiles, des accès de désespoir. Chaque minute avait la saveur fanée d'un souvenir déjà lointain. Chaque cri d'amour, étouffé, reculait la frontière qui nous séparerait toujours.

Cinq mois s'écoulèrent ainsi.

Nous n'avions d'autre perspective qu'un décompte impitoyable des jours. Le bonheur s'arrêtait au moment où Maï refermait la porte de ma prison pour aller rejoindre ses compagnons de lutte. J'en avais pris mon parti. Trop heureux de pouvoir survivre sans trop de fausses notes dans ma tête.

Maï m'avait informé que ses chefs avaient décidé de me garder. La bataille décisive était pour bientôt, et je constituerais une monnaie d'échange, un pion supplémentaire dans la vaste négociation qui s'engagerait ensuite. De toute façon, ils allaient nous écraser, avait-elle ajouté dans un murmure. Pour de bon. Elle chuchotait à mon oreille cette condamnation comme une ultime déclaration : « Toi et les tiens, vous devrez quitter notre pays. Nous serons libres. » Et elle me serra dans ses bras.

Là, je sus que la vie valait d'être vécue.

Les sales idées avec lesquelles j'avais débarqué, toute l'amertume que Sonia m'avait fichée au creux du ventre venaient de s'évanouir. Maï avait fait de moi un homme neuf. Je l'aimais. Et c'est parce que je l'aimais que j'étais prêt à la séparation.

Les premières mesures de *A Sentimental Journey* sont montées du plus profond de moi, aussi douces et langoureuses qu'autrefois. J'ai posé mes mains sur le dos nu de Maï. Mes caresses sont restées muettes, mais sous mes doigts j'entendais la mélodie d'une ballade inconsolable.

Plus que jamais le corps de Maï a paru flotter. Comme s'il se détachait de moi, au fur et à mesure que nous nous pénétrions l'un l'autre.

C'est sans doute cela qu'on appelle l'extase.

Le fruit mûr et la mort.

Le rêve et le manque.

Maï disait, elle, que les nuages ne portent pas de nom.

J'y ai souvent pensé, plus tard, quand l'inspiration tardait à venir en début de concert.

Le lendemain, un peloton de miliciens est venu me chercher. Le camp était en effervescence. Maï avait disparu. Un camion attendait, moteur en marche. Une baïonnette dans les reins m'a forcé à y monter.

Le jour de redescendre dans la vallée, de replonger en enfer, était arrivé.

9

Je m'en veux d'expédier Maï comme ça. Il y a si longtemps, il est vrai...

En réalité, tout fut plus fort. Plus compliqué et moins idyllique aussi. Le souvenir renâcle toujours. Surtout quand on est vieux. Demeure, me semble-t-il, une impression de maîtrise, comme si la mémoire possédait la faculté de se nourrir en permanence des détails d'une vie. On se sent plein, presque heureux. Et cependant, plus le temps passe et plus s'imposent le doute et l'insécurité. On est piégé. Pendu par les pieds, étranglé. Respirer, rien que respirer, devient difficile. Il faut faire avec.

Maï ressemble à un épisode, alors que c'est un kyste. Evolution lente.

Mon récit laisse supposer que l'aventure a été sans histoire. Une bulle inentamable. Il en fut ainsi, en un sens. Et c'est ce que j'ai gardé en moi, après toutes ces années. Une espèce de défense naturelle, d'antidote contre les autres poisons. Maï échappait à la sphère d'influence du monde d'où je venais et auquel j'appartenais. Elle ne serait jamais « mienne ». Même mon esprit d'Occidental déplacé pouvait comprendre ça.

Mais quand deux corps étrangers se trouvent, plus personne n'opprime quiconque. Il n'y a ni vainqueur ni vaincu. Rien que cette matière dont l'existence se saisit au quotidien. Sans rêve excessif.

Voilà pourquoi Maï n'a pas été une facétie de mon imagination. C'est bien elle que mes bras ont enlacée, que mes mains ont caressée.

Il y eut le plaisir, mais le paludisme aussi. Voilà la vérité que j'avais escamotée. La sueur exaspérante, les tremblements, le vertige, la fièvre, l'accablement, l'excitation des sens, la peur de mourir... Comment distinguer ces souvenirs du bien-être procuré par Maï durant ces mois de détention ?

Je ne m'y essaierai pas. Ce serait trahir. Aujourd'hui, séparer les symptômes de la maladie des effets de l'amour enlèverait sans doute une dimension essentielle à mon parcours. Mes geôliers, à commencer par Maï, ne m'ont pas fait de cadeaux. J'en ai bavé. Rien ne me fut épargné. Mais ils m'ont soigné, aussi. Et Maï était chargée de veiller à mon rétablissement. C'est elle qui m'apportait mes doses de quinine salvatrice.

Je suis rentré guéri. Du palu, de Maï et même de Sonia. Je voulais m'en persuader, de toute façon. Oh ! je n'étais à l'abri d'aucune rechute ! Maï est toujours là, à traîner dans mes veines en état de manque. Et le sale moustique infectieux est revenu me chatouiller trois ou quatre fois dans les années qui ont suivi, avant de me ficher la paix définitivement. On ne peut pas en dire autant de Sonia Robert.

A mon retour à Chicago, ma vie aurait pu changer de manière radicale. J'y étais prêt. Après ce que je venais de traverser, plus rien ne me paraissait impossible. J'imaginais que toutes les plaies étaient refermées. Je me voulais blindé, en béton, insensible à la douleur physique ou mentale. Comment peut-on croire que certaines cicatrices ne se rouvriront jamais ?

La plus fragile était le jazz.

Quand on s'est brûlé la couenne au contact de cette musique, on n'espère pas se débarrasser des stigmates en claquant des doigts, sous prétexte qu'on est allé faire le zigoto dans la jungle avec une pétoire entre les mains !

Le premier signe de ma rechute intervint lorsque, soigné dans un hôpital militaire après ma libération, je finis par récupérer les affaires personnelles que j'avais laissées au moment de cette maudite opération de commando. Une seule chose manquait : mon saxophone. Celui de mon enfance, du début de ma carrière. Je ne l'ai jamais retrouvé... Sur le moment, j'ai tenté de minimiser cette perte. Il ne s'agissait que d'un instrument. Du cuivre. Un peu cabossé, d'ailleurs. Qui aurait eu besoin d'un bon coup d'étamage ! Autant en acheter un neuf ! J'étais vivant, ça suffisait, non ?

Comme Maï l'avait annoncé, notre armée a été obligée de lever le camp en catastrophe, quelques semaines plus tard. Pendant tout ce temps-là et celui du rapatriement en Amérique, le saxo est devenu une obsession. J'aurais donné très cher pour en tenir un entre mes bras et le dorloter. Je me voyais titiller ses clés, poser mes lèvres sur son bec et lui arracher des sons inédits. Mes thèmes favoris me hantaient – *Misty*, le plus souvent. Je soufflais dans le vide. Mon imagination s'épuisait sur des impros sans fin. A force de divaguer, je m'enfermai dans une espèce d'état dépressif qui inquiéta mes supérieurs. On me colla aux tranquillisants.

Oui, je suis arrivé à Chicago guéri, en apparence, mais déjanté.

Mon père m'a accueilli en héros. Jusqu'à ce que ses vieilles manies le reprennent, en réaction à mes propres errements. Il a voulu, d'abord, organiser une parade en mon honneur, histoire d'épater le quartier. J'ai refusé. Il m'a traité de dégonflé. J'ai failli le frapper.

« Je me tire.

– Et où tu vas ?

– Chez moi.

– Qu'est-ce que tu racontes, *bambino* ? Tu n'as plus d'appartement ! Ils t'ont bousillé le ciboulot, là-bas, ou quoi ? Non seulement tu n'as pas de chez-toi, mais tu n'as même pas de boulot !

– J'en trouverai !

– Ah ! oui ? Et qu'est-ce que tu sais faire, à part te secouer les puces avec des nègres, hein ? »

Maman s'est interposée. Avec une fermeté étonnante.

« Alex, tu oublies quelque chose, non ? Nous avons un cadeau de bienvenue pour Jon. C'est toi qui as tenu à l'acheter. Tu devrais le lui donner. Maintenant. »

Papa a baissé la tête et s'est tu, un instant, avant de dire, calmé :

« Rassieds-toi, mon fils. Viens. On va prendre un verre, comme autrefois, tu veux ? Maman va nous préparer du café et sortir la grappa. Je t'en ai réservé une spéciale, de la Julia *di riserva*, dix ans d'âge. Je l'ai gardée pour cette occasion. Putain de guerre, allez !

– J'aurais pu y rester...

– Je sais, fiston. »

Et il s'est mis à pleurer. Maman l'a rappelé à l'ordre.

« Alex ! Et le cadeau ? »

En reniflant dans son mouchoir, Papa s'est dirigé vers le placard du vestibule. Il en a tiré deux boîtes qui m'ont fait bondir le cœur avant même qu'il les pose sur la table du salon. Statufié, je l'ai regardé caresser la moleskine des couvercles. Une larme roulait encore le long de sa joue. Il s'est raclé la gorge pour déclarer, triomphant :

« Vas-y, mais vas-y ! Ouvre-les ! »

Un alto et un ténor. Deux magnifiques saxos !

Au lieu de tomber dans les bras de mes parents, je me suis précipité sur l'alto. Fébrile, j'ai fixé une anche sur le bec. Je l'ai sucée, mouillée de ma langue et de mes lèvres. Et, arquant mes doigts sur les clés, non sans anxiété, j'ai tiré une petite série de gammes montantes et descendantes. Puis, sans hésitation, j'ai soufflé un blues rapide, *ad libitum.*

Tout revenait. Comme avant.

Au bout de douze mesures, je me suis arrêté pour lâcher un immense éclat de rire. Papa et Maman s'y sont mis aussi, hilares. Ils en pleuraient tous les deux, mais de bonheur, cette fois.

C'est seulement à ce moment-là que l'idée de les remercier, de les serrer dans mes bras m'a traversé l'esprit. J'étais transporté.

« Mais c'est trop ! Comment y êtes-vous arrivés ?

– On a économisé sou par sou, tous les jours, pendant que tu étais parti te faire trouer la peau. Merde, quand est-ce que Jon Della Vita va penser à autre chose qu'à jouer au con ! »

Papa avait redressé les épaules et me dévisageait avec fierté.

Maman a dit :

« Voilà, tu as retrouvé ton job, Jon ! Au boulot ! »

Je les ai embrassés, longuement. Entre mon corps et le leur, il y avait le saxophone qui, déjà, ne faisait plus qu'un avec le mien.

10

Il y a un moment, dans l'existence, où l'on ne perçoit pas la vitesse à laquelle on vieillit. De ces années, il est convenu de dire qu'elles sont celles de l'effervescence, de la plénitude des moyens. Et pourtant, ça défile sans arrêt.

Je ne me suis pas vu passer le cap de la trentaine.

Tout aurait dû me l'indiquer, pourtant. L'homme de guerre ne savait plus comment être un homme tout court. Ce n'était pas de la névrose d'ancien combattant, mais jamais plus je ne serais le même, voilà. Pourquoi, alors, étais-je tellement convaincu de mon innocence, de mon immunité ? Si l'on veut survivre, il faut bien, parfois, mettre au rancart culpabilité et nostalgie. Ces périodes de rémission, assez rares dans une vie, sont aussi celles autour desquelles s'établissent, non pas une personnalité déjà constituée, mais les raisons d'une simple présence au monde. On pense s'inventer au jour le jour, alors qu'on ne fait que continuer, recommencer, rabâcher sans fin. C'est ça, la fin d'une jeunesse. La force de l'âge. Désespérante, avec le recul. Enivrante sur l'heure, à chaque instant de joie ou de tristesse.

Cette époque où j'eus l'impression de m'enraciner, ferme et résolu, dans la vraie vie, fut dominée par la mort. Une succession de pertes irrémédiables que j'esquivai, tel un boxeur malin et prétentieux.

Quand ma mère m'obligea à prendre mes responsabilités en m'offrant les deux saxophones, j'ignorais que son cancer du sein était en train de la tuer. Et ensuite, malgré les séjours à l'hôpital, les traitements, la torture, la fatigue, je ne me suis rendu compte de rien. Quand elle est morte, je me suis senti libéré de moi-même. Sans honte. Comme si la fin de son calvaire venait, de manière absurde, me confirmer que moi, j'étais encore vivant.

La mort brutale de Chet, quelques mois plus tard, me fragilisa davantage. Depuis mon retour, je n'avais pas rejoué avec lui, à l'exception d'un bœuf auquel il m'invita lors d'un concert à Chicago. Je vivotais à coups d'engagements ponctuels dans les boîtes de blues de la ville. Mon agent d'avant-guerre avait disparu. Le Big Band All Stars était dissous depuis longtemps. Je courais le cachet, mais je m'en sortais... Prendre le solo aux côtés de Chet, face à la foule bigarrée massée devant l'auditorium de Grant Park, me procura enfin cette jouissance que je croyais à jamais perdue. Pourtant, Chet n'était plus le même. Son phrasé semblait hésitant. La sonorité de sa trompette empruntée. Au lieu d'exprimer la concentration d'autrefois, son visage crispé n'indiquait que misère et rétention. Abruti par la came, son talent était devenu lisse. Il ne survolait pas la scène comme avant. Il se contentait d'être là. Ce qui n'était déjà pas si mal. Mort-vivant, Chet conservait ce mélange de vigueur et de fragilité qui fait les grands trompettistes. D'ailleurs, quand ce jour-là j'ai attaqué *Les Feuilles mortes* avec lui, je l'ai senti décoller. Il me défiait à nouveau. Je lui ai répondu du tac au tac par des variations à la tierce. Il m'a lancé un regard atterré, et je l'ai vu se soumettre, me passer le relais, me faisant signe d'y aller seul, de mettre le feu à la baraque...

En ce début d'automne, un vent froid précoce soufflait du lac Michigan. Et les feuilles de Grant Park se ramassaient, en effet, à la pelle. Dieu merci, ce n'était pas assez pour décourager le petit peuple noir de Chicago d'assister à ce festival en plein air. J'attrapai une bonne bronchite qui me retint au lit plusieurs jours. Entre-temps, Chet allait repartir à San Francisco, pour son dernier voyage, l'overdose finale. Je n'assisterais pas à l'enterrement.

Pire que la mort de mon ami, me frappa de

plein fouet une réalité que, jusqu'alors, j'avais soigneusement niée. C'était la fin d'une ère. Le jazz lui-même se mourait. Le monde ne voulait plus que du rock et de la pop. Nous étions hors circuit. Démobilisés, sans armes... Je n'ai pas cédé. Pas question de trahir pour quelques dollars de plus. Des temps meilleurs reviendraient, j'en étais sûr. J'ai attendu longtemps, mais pas en vain.

Ce fut durant ces années de vaches maigres que Sonia Robert choisit de me retomber dessus.

Je me trouvais depuis quelques semaines à New York où, malgré tout, des clubs comme le *Blue Note* ou le *Village Vanguard* maintenaient haut la tradition.

Sonia n'avait pas changé. Ou si peu. Une chevelure souple tombant aux épaules, une panoplie très baba cool avec bracelets de rigueur, ne lui enlevait rien de son apparence de bête carnassière. Son nouveau parfum, ses fringues aériennes, sa démarche moins guindée lui donnaient des allures de prêtresse orientale et cependant, dès le premier coup d'œil, je vis qu'elle était toujours la même louve blessée.

Comme jadis au *Chat-qui-pêche,* elle a débarqué sans crier gare au *Blue Note,* un soir où je m'y produisais en trio avec Bill et Jack, mes vieux copains, anciens contrebassiste et batteur de Chet Broker. L'histoire recommençait. Du temps de notre brève liaison à Paris, Sonia avait toujours prétendu qu'elle pouvait, si elle le voulait, annuler le temps. C'était sa façon de me dire que, pour elle, j'étais tout et rien à la fois. Sa façon aussi d'affirmer que personne, pas même moi, n'était en mesure de la posséder. Le triste épisode du Champ-de-Mars en compagnie de Robert Robert m'avait convaincu du contraire. Il y avait un maître, et c'était son mari.

Elle savait y faire. Son premier réflexe fut de jouer le rôle de la victime. Pendant le repos entre les deux sets, je la rejoignis au bar d'où elle m'avait observé tandis que je me tenais en scène. Son arrivée avait insufflé à mon saxo des frissons de panique qui parurent du goût du public, puisque, à plusieurs reprises, mes maigres improvisations, un peu trop décalées, furent saluées par des applaudissements. Bill roulait des yeux furibards dans ma direction. Qu'est-ce qu'il m'arrivait ? J'étais dingue, ou quoi, de casser le tempo à tout bout de champ comme ça ? D'un mouvement de tête, je lui indiquai la présence de Sonia à l'autre bout de la salle. Je crus qu'il allait en lâcher sa contrebasse et me planter là avec mes fantaisies musicales. Sans le savoir, je venais de faire ma première incursion sur les territoires du *free jazz* que des types comme Ornette Coleman ou Albert Ayler défrichaient alors et vers lesquels Sonia s'apprêtait à me pousser aveuglément. Cette musique qui défiait la tonalité et la mesure, c'était elle qui l'avait inventée, je l'aurais parié. Aucun jazzman, le plus fou ou le plus génial, n'aurait su, comme elle, susciter en moi ce réflexe. C'était le meilleur moyen de créer, à terme, les conditions du parfait suicide. Sonia était une meurtrière.

Depuis mon retour de la guerre, après l'histoire de Maï, mon rapport aux femmes avait évolué vers une espèce d'infirmité neutre. J'essayais toujours d'échapper à ces rencontres éphémères si faciles pour les gens de notre profession. Les très rares cas où je dérogeai ne méritent même pas qu'on les mentionne, tant ils furent insignifiants. Je rêvais de Maï. C'était elle que j'attendais, pas Sonia. Un jour, me promettais-je, j'irais la retrouver. N'importe où.

C'est sûrement la raison pour laquelle je n'ai pas fui la confrontation avec Sonia. Je m'étais pourtant juré de ne plus jamais la revoir.

Ce fut pire que la guerre. Combattre, attaquer, résister, sur le terrain d'opérations, exige – on le sait – des tactiques qui, sans nécessairement traduire le meilleur de l'âme humaine, s'exercent de manière presque naturelle, automatique. L'instinct est toujours le plus fort. En pleine bagarre, j'étais hors de moi, bien entendu, et pourtant, chaque balle tirée, chaque grenade lancée, chaque pas dans la jungle m'assurait que, au milieu de cette intolérable folie, j'existais encore. Par sa seule présence, Sonia induisait le contraire : elle me forçait dans mes retranchements, me coupait l'herbe sous le pied, ne me permettait pas de respirer. J'étais suspect a priori. Elle me passait à la question et me fouillait au corps. Elle m'explosait et m'incendiait avec une efficacité supérieure à celle d'une bombe au napalm. Jon Della Vita se volatilisait en fumée. Mister Sax, n'en parlons même pas !

Sans préambule, elle frappa fort. Plus radical qu'un direct au foie sur un ring.

« C'est lui. Robert Robert. C'est lui qui m'a forcée. Je ne voulais pas. Il m'a menacée. Il m'a giflée. C'était sa façon de me reconquérir, de m'obliger à céder. Sur toute la ligne. Il disait que, sinon, il allait engager des malfrats pour te flanquer la trouille. Tu comprends ? Un contrat sur ta tête. Il est capable de tout... »

Le délire dura ainsi plusieurs minutes sans que je puisse placer un mot. Elle me tenait. J'ai tout gobé. Je lui ai pardonné.

Quand il fut l'heure de remettre ça pour le second set, j'avais bu deux doubles bourbons et fumé un demi-paquet de cigarettes. Bill et Jack ont tout de suite compris que je n'étais pas dans mon assiette. Ils m'ont conseillé de ne courir aucun risque, de me concentrer sur des morceaux archiclassiques. J'ai lancé : « Thelonious Monk. *Round Midnight.* Deux fois plus vite que d'habitude. » Et j'ai claqué des doigts, le temps de quelques mesures muettes, afin de leur indiquer le rythme désiré. De quoi se casser la gueule ! Grands professionnels, Bill et Jack ont tenu le coup. Moi, j'ai voltigé, virevolté, flirté avec des précipices que je ne soupçonnais pas, ivre de mon insolence, à la limite de l'évanouissement.

Un triomphe !

Très arrosé ensuite, au bar.

En fin de programme, pourtant, je m'étais calmé. Quel bonheur – ou presque – de rentrer en douceur dans la mélodie magnifique de *Stardust* ! Je m'étais coulé, lové au plus près de cette poussière d'étoiles musicale où les visages de Maï et Sonia scintillaient à tour de rôle derrière mes yeux clos. Je ne démissionnais pas. Je n'abandonnais rien. Mais aussi, je savais que je n'avais pas envie de me battre. Si Sonia ouvrait les hostilités, elle n'avait aucune chance de m'atteindre.

Une nouvelle fois, comme à Paris sept ans plus tôt, elle a voulu me suivre jusqu'à mon hôtel de Gramercy Park. Je l'ai laissée faire.

11

Ma ville est un saxophone. La métaphore ne m'appartient pas. Elle a déjà été utilisée par une bonne demi-douzaine d'écrivains. Neil Tesser, entre autres, et Ernest Hemingway peut-être. J'aurais donc un peu de mal à la revendiquer et pourtant, elle résonne en moi comme un accord presque parfait.

Je suis un saxophone. Tordu et vibrant, ouvert et secret. Il n'y a pas que la forme, le dessin. Il s'agit avant tout d'une blessure, d'un corps crocheté, avec son bec d'oiseau, son boyau de courants d'air et son cul de poule.

Chicago aussi est un instrument de musique. La question est de savoir en jouer. A cette époque, je ne me débrouillais pas si mal, finalement. Malgré Sonia, ou grâce à elle, peut-être...

Là était mon refuge. Je me produisais chez *Andy's* ou au *Jazz Showcase* de Joe Segal. Ce n'était pas royal, mais on était content d'avoir du boulot.

Cela faisait déjà quelque temps que j'avais quitté le périmètre exigu de ma Little Italy d'origine pour passer au nord de la rivière. Mon père avait hurlé à la trahison, bien sûr. Sans insister, d'ailleurs, lui qui sortait désormais en compagnie de sa Maya, à visage découvert... Je louais deux pièces du premier étage d'une maison proche du *Green Dolphin Street*, le club de jazz où Von Freeman me conviait assez régulièrement à venir dialoguer avec son saxo ténor. Du tout cuit. Bien en place, impeccable. Un swing d'enfer, chevillé à la tripe. Nul n'avait la prétention de faire dans le génie, comme ces types du *free jazz* qui enregistraient à tour de bras. Nos références à nous, c'était ce bon vieux Coleman Hawkins ou le délicieux Jackie McLean. Nous ne végétions pas. Quand mon alto se lovait autour des voluptueux méandres de *A Sentimental Journey*, quel bonheur !

Sonia disait, elle, que je piétinais.

Elle me faisait du mal, et je lui en voulais. Même si, quelque part, je partageais son aspiration à la nouveauté. Je me cherchais. Mais ce qu'elle m'offrait comme perspective ne me ressemblait pas. Les influences extérieures – l'Orient, le retour à l'Afrique et *tutti quanti* – ne me touchaient guère. Ou d'une manière trop superficielle pour remettre en cause Chicago.

En s'attaquant à mes racines, Sonia m'arrachait aussi le cœur. Certes, elle me rendit heureux, durant ces mois de vie presque commune ! Il y eut des moments d'exaltation irremplaçables, des sommets vertigineux. Et, toujours, des scènes d'une tension déchirante, mortelle. Nous nous défiions sans cesse. Il n'y avait pas moyen de respirer. L'air que nous partagions était ou trop rare ou trop fort. Cette impression d'étouffer sans cesse fit de moi un saxophoniste honnête, c'est tout. Sur ce point, Sonia avait raison. Plus elle m'exhortait à être vivant et plus je basculais vers le réconfort du « statu quo ». J'étais le premier à en souffrir, car je me rendais compte du tort que je me faisais. En reporter la responsabilité sur elle était une commodité, pas une solution.

Elle me mentait.

Voilà le fond du problème.

Elle m'avait toujours menti.

Je m'en voudrais de la faire passer pour ce qu'elle n'était pas. A m'entendre, on pourrait croire qu'elle incarnait je ne sais quelles forces du mal. Sonia était fragile, douce – en perdition. J'aurais pu la sauver, et moi avec. Que serait-il arrivé s'il n'y avait pas eu l'accident ?

Sonia n'existait, dans mon esprit, qu'en trompe l'œil. La mort lui a conféré une vérité qui m'éclabousse, dont j'ignore encore aujourd'hui le mode d'emploi. Mon erreur a été de l'aimer comme une illusion. Pour mon malheur, j'étais incapable de l'imaginer dans un autre rôle que celui de la tricheuse perpétuelle.

Elle y mettait du sien, il faut dire.

Lors de nos retrouvailles à New York, elle m'avait estomaqué. Quel aplomb ! Comme si rien n'était arrivé à Paris ! Et je me suis laissé faire.

« Tu ne peux pas comprendre, s'était-elle exclamée. Robert m'a torturée... Jusqu'au jour où, enfin, j'ai décidé de le quitter... Il ne supportait pas mes velléités d'indépendance. Pas comme toi, mon chéri. Toi, tu m'aimes. Tu es parfait... Depuis un moment, déjà, je ne travaille plus avec lui. J'ai trouvé un truc au CNRS, un centre de recherches. Robert Robert n'est plus mon patron. Je suis venue ici pour bosser à Columbia University, pour mon propre compte. Qu'est-ce que tu en dis ? »

Rien, je n'en disais rien, me contentant de replonger tête baissée dans cette histoire.

A la fin de mes contrats new-yorkais, je devais rentrer à Chicago où m'attendaient toute une série d'engagements durant la saison d'hiver. Sonia me reprocha d'aller m'enterrer.

« Pourquoi tu ne resterais pas à New York ? Ici, tu as encore une chance de percer. Tu as des amis. Tu pourrais faire un disque ?

– Je dois enregistrer là-bas.

– Pour un label local ? Petite diffusion et tout ça...

– Sans concession, en tout cas. Von Freeman et moi, on sera libres de nos choix, de nos mouvements.

– Libre de moi, aussi ?

– Je t'en prie, Sonia. Ne me rends pas les choses plus difficiles...

– Tu me quittes ?

– Mais non ! Je viendrai à New York, de temps en temps. Et tu me rejoindras à Chicago quand tu pourras. Tous les week-ends, si tu veux... »

Et nous les avons faits sans arrêt ces allers et retours de malheur ! Un enchaînement de plaisir et de douleur. Une angoisse permanente entre le manque et le trop-plein...

Sonia, maintenant, adorait Chicago. Elle en redemandait. Le lac Michigan lui était nécessaire, affirmait-elle. Elle piaffait à l'idée qu'aux beaux jours, nous irions nous y baigner. Faute de plage, elle insista pour que nous fassions du bateau. J'invoquai la froidure et les dangers d'une brise forte à cette période de l'année. Elle me traita de « dégonflé » : elle irait sans moi. Je cédai et me pris au jeu, retrouvant des sensations d'adolescence que je croyais mortes. L'activité physique me libérait de la pression exercée par Sonia. Elle était là, mais j'arrivais à oublier sa présence. Parfois, tandis que nous gagnions le large, me revenaient des images de la guerre. L'envol de l'hélico, le feu d'artifice des roquettes, la pétarade des armes automatiques, la solitude des rizières, le vacarme étouffant de la jungle, le visage de Maï...

Au mois de février, ce fut moi qui me rendis à New York à l'occasion d'un concert en grande formation organisé au Carnegie Hall pour rendre hommage à Thelonious Monk qui venait de mourir. Une réunion où je retrouvai la bande de tous les copains rencontrés ici ou là au fil du temps.

Sonia explosa :

« Ecœurante, cette nostalgie pleine de religiosité. Tu me dégoûtes ! »

Elle n'avait pas tort. Je n'étais pas spécialement fier de moi.

Sonia disait qu'elle voulait voir l'Amérique, la vraie, qu'elle en avait marre du folklore.

« Et si, cette fois, nous rentrions à Chicago en voiture ? »

Je louai une grosse Ford bien costaud. Il faisait froid, très froid. Et, en cette saison, nous n'étions pas à l'abri d'une tempête de neige en cours de route. Je me gardai bien de faire part de mes craintes à Sonia.

Les premiers flocons firent leur apparition dès que nous eûmes traversé l'Hudson. Plus nous progresserions vers l'ouest et plus la neige s'épaissirait. Au bord de la chaussée, s'amoncelaient des congères effrayantes. Les essuie-glaces se mirent à peiner, ne parvenant plus à balayer la masse de neige accumulée sur le pare-brise. Je me concentrais, tendu, nerveux, mains agrippées au volant.

« Tu es fatigué, me dit Sonia. Tu n'y vois plus rien. On va finir dans le fossé si ça continue. Je pourrais te relayer un peu.

– Attends. On va s'arrêter boire un café à Buffalo. Peut-être que ça va se calmer. Tu conduiras après, si tu veux. »

En fait d'accalmie, tout empira. La route noyée sous un épais manteau blanc devenait, en plein jour, une espèce de tunnel sans fin, troué de-ci, de-là par les phares de camions hurlant de toutes leurs trompes.

A l'étape, nous grelottions, ivres de fatigue et de solitude. Sonia, elle, se faisait un devoir de plaisanter. Elle était si contente, affirmait-elle, de vivre enfin une aventure intéressante. Plus une situation se corsait et plus elle me renvoyait dans mes buts. Me signifiait notre différence. Je ne voulais pas qu'elle prenne le volant, mais Sonia avait l'habitude d'imposer sa loi. D'ailleurs, je n'avais plus ni la force ni le désir de la contredire.

Je n'ai rien à lui reprocher. Eussé-je conservé la direction des opérations, le résultat eût sans doute été tout aussi catastrophique.

Comment pourrait-on en vouloir à une morte ?

Le choc, je suppose, fut imparable. Nous progressions lentement. Il n'y avait aucune visibilité. Nez collé au pare-brise, Sonia s'évertuait à suivre les traces des rares véhicules qui nous précédaient encore. Soudain, dans une descente trop rapide, le capot d'un semi-remorque se trouva sur notre trajectoire. Freinage, glissade. Explosion.

Je n'ai pas perdu connaissance, sur le coup. Coincé dans la carlingue défoncée et en flammes, je hurlais. Sonia ne répondait pas à mes appels. Impossible de sortir : ma portière, encastrée sous le châssis du camion, était condamnée. Nous allions brûler.

Je me suis réveillé sur un lit d'hôpital. Bourré de sédatifs. Sans réaction quand on me dit que Sonia était morte. Juste préoccupé par mes mains entourées de bandages. Curieux de découvrir ce qui se dissimulait là-dessous.

Les brûlures de mon corps me donnaient tellement l'impression d'exister qu'elles me permirent d'oublier la peur et la tristesse. Pour la deuxième fois dans ma vie, une blessure physique venait me secouer, me tirer d'une inertie susceptible de me transformer en victime expiatoire.

Déjà, crapahutant dans la boue de la rizière, j'avais refusé de me soumettre à l'inéluctable. Quand les huiles de l'armée m'avaient décoré, à grand renfort de fanfares et de sermons, ils avaient proclamé que tant qu'il y aurait des types avec des couilles comme les miennes, le pays, la civilisation n'auraient rien à craindre.

J'aurais bien aimé savoir ce qu'ils avaient entre les cuisses, eux. Moi, je préférais la fermer sur ce chapitre. Vaut mieux garder pour soi les raisons qui vous poussent, même estropié, à vous remettre debout...

L'ennui, c'était mes doigts.

Les phalanges de mes deux mains avaient subi des lésions sévères. Le pronostic médical était des plus pessimistes. Pas question de rejouer du saxo avant longtemps.

Autant m'annoncer que j'étais un mort-vivant.

Ils s'imaginaient quoi ?

Que j'allais faire le taxi avec mon père ? Que je me contenterais d'encaisser le droit d'entrée à la porte d'un club de jazz ou de rouler des mécaniques dans le rôle du videur au *Blues Chicago*, poings enserrés dans des mitaines d'où émergeraient des moignons estropiés... ?

Au bout de six mois de ces petits boulots, je me suis acheté un nouvel alto. Il m'a fallu tout réapprendre ou presque. Une bonne année de gammes, d'exercices, de répétitions en solo. Je ne souffrais pas. Cette violence m'était une évidence.

Un jour, j'ai su que j'étais encore meilleur qu'avant. Je n'ai rien dit à personne et me suis acheté un billet d'avion à destination de Paris. Un aller simple.

J'y suis encore.

12

Le deuil, c'est mourir un peu moins.

Sonia ne m'était pas sortie de l'esprit une seconde.

Maï me manquait aussi, terriblement.

J'espérais la croiser au hasard des rues de Paris. Depuis la fin de la guerre, des milliers de ses compatriotes avaient afflué dans la capitale française, et je traînais souvent à la terrasse des bistrots proches de la Sorbonne dans l'espoir de la reconnaître parmi les étudiantes asiatiques qui allaient et venaient.

En tout cas, ce n'était pas au *Blue Note* ou au *Trois Maillets* que j'avais des chances de la rencontrer. J'avais beau tournicoter autour de cette idée, on ne pouvait pas imaginer espoir plus stupide. Il n'y avait aucune raison pour que Maï, la révolutionnaire, se trouvât à Paris, dans ce monde capitaliste en perdition et si près d'un mec qui représentait tout ce qu'elle exécrait... J'avais essayé, pendant ma détention, de lui expliquer quel genre de musicien j'étais. Cela l'avait fait rire. Un artiste qui jouait sur l'instinct, sur les turpitudes humaines était un imposteur, m'avait-elle lancé. Et la joie, la mélancolie, la tendresse, l'exaltation, l'euphorie, la révolte ? avais-je rétorqué. Son air scandalisé et triste m'avait désolé. Je n'avais pas insisté.

Mais chaque soir, quand j'interprétais *My Favorite Thing*, je pensais à elle.

Evidemment, j'aurais pu envisager d'aller là-bas. De rejoindre Maï dans ses montagnes. A plusieurs reprises, je me suis dit qu'un jour, j'arrêterais de rêver pour passer à l'acte. Je lui devais bien ça.

Mais le jazz me collait trop à la peau. J'avais trouvé à Paris ce que j'étais venu y chercher. L'équilibre, la sérénité, une forme d'abnégation régénératrice.

Je jouais du saxo comme je respirais.

Enfin, j'étais moi-même. Libéré des influences. Plus de problèmes avec Charlie Parker, Cannonball Adderley, Jackie McLean ou le grand Coltrane. A l'affiche, il y avait Jon Della Vita. Il n'était ni une vedette ni un inconnu. Juste un musicien qui plaisait, grâce auquel des gens se sentaient mieux en quittant la boîte ou la salle de concert. Et plus personne, ici, ne songeait à le surnommer Mister Sax.

A Paris, on me fichait la paix, même si les

spécialistes du jazz se montraient beaucoup plus exigeants et pointilleux que les copains de Chicago. Le statut d'expatrié, c'est connu, est à la fois un handicap et un avantage. Plus on se croit isolé, en marge, et plus on brille, unique, au centre de la scène. On bénéficie de l'exotisme et, en même temps, on représente une espèce de sous-produit, toujours inférieur à l'original qui, lui, réside outre-Atlantique.

Moi qui avais des racines si fortes, si contraignantes, ça me convenait plutôt d'être comme suspendu, tiré en plein vol, à la manière d'un oiseau migrateur.

Ce *no man's land* a duré des années. Plusieurs années. Difficile de dire combien... C'était une suite de jours, uniformes, éclairés par de petits bonheurs musicaux, des soli un peu plus exaltants qu'à l'ordinaire. J'ai même connu alors des périodes de relative gloire. Quelques enregistrements que les collectionneurs se disputent aujourd'hui. On me sollicita pour composer la musique d'un film français. Jusque-là, j'avais hésité à mettre sur le papier les notes qui me trottaient dans la tête et que je me contentais d'exploiter au détour d'une improvisation. L'expérience – concluante si l'on en croit le mythe qu'elle engendra – ne me donna pas envie de recommencer. J'étais fait pour l'éphémère, l'instabilité grisante de l'impromptu.

Ce que le jazz m'apportait, exigeait de moi,

se traduisait dans ma vie d'homme par un besoin radicalement contradictoire d'une sécurité que seule la solitude semblait m'autoriser. Autant le musicien gambergeait, funambule de ses pulsions nocturnes, autant Della Vita, le mec, se planquait derrière ses copeaux d'existence.

Peu à peu, Sonia finit par s'estomper parmi les méandres de cette mémoire égoïste.

Ce n'était pas difficile. Une simple question d'adaptation au réel. Au fond de moi, indécrottable, je restais Mister Sax.

I can't get started fut mon thème fétiche, à cette époque-là. Non, je ne pouvais pas repartir, redémarrer, rallumer la mèche. Il manquait l'étincelle.

Les artistes ont finalement les mêmes problèmes que tout le monde. Ils parviennent peut-être à s'en débarrasser ou à les détourner plus vite, voilà tout. Ils ne savent pas mieux vivre. Au contraire, dans leur désir de singularité et d'absolu, ils trichent avec un peu plus de conviction. Ça permet au temps de passer. Neutre. Agrémenté de rencontres dînatoires ou de *riffs* d'autojouissance...

A l'inverse de certains de mes camarades musiciens, je ne me laissais pas aller. Je buvais, mais modérément. Et la drogue ne me tentait pas davantage qu'une promenade sur les quais de la Seine. Ma vie, si l'on veut, était tranquille.

Dangereusement calme. J'étais un citoyen ordinaire de Paris, avec un boulot à peine plus rigolo que celui de la moyenne des gens. Je me pointais au club sur le coup de neuf heures du soir, buvais un tout petit fond de whisky accompagné d'un grand verre d'eau glacée, fumais deux ou trois Gitanes, bavardais un peu, à droite et à gauche, prenais la température de la salle en posant la question rituelle : « Ils sont comment ? » à la fille du bar, une Hollandaise sympa mais toquée qu'il m'arrivait de baiser parfois.

Je ne m'ennuyais pas.

Sauf quand la guerre et Maï me sautaient à la gueule. Il y avait les cauchemars. Les réveils âpres. Et les images, toujours, les images qu'aucun charivari musical ne recouvrait jamais tout à fait... Là, je perdais pied. Je me disais que j'étais en train de gâcher ma vie. Et que la plus géniale composition de jazz n'y pourrait rien.

A la mort de mon père, je suis retourné à Chicago, pour quelques jours. Le télégramme de ma belle-mère, Maya, ne m'avait pas surpris. Alessandro il Grande était mort au volant de son taxi, écrasé par un quinze tonnes sur la voie express Kennedy qui mène à l'aéroport d'O'Hare. Il avait soixante-douze ans. Au cimetière, tandis que la bise acérée du lac Michigan dispersait les groupes de ses vieux amis, j'ai ouvert la boîte de mon saxo que j'avais apporté avec moi et j'ai joué, pour lui, son foutu *O Sole Mio* et sa merde de *Marche américaine.*

La mère de Jessica m'a engueulé. Je lui ai demandé des nouvelles de sa fille, ma petite amie d'enfance, un relent sans saveur particulière. M. Rappaport m'a traité de pauvre type. Papa devait bien se marrer dans son cercueil couvert de fleurs.

Le soir même, je suis allé chez *Andy's*, plus imbibé que d'habitude, et j'ai fait un bœuf avec les gars du cru qui m'ont accueilli gentiment. Malgré les embrassades et les compliments, j'avais l'impression d'une comédie. Ils se fichaient de moi. Leurs sourires condescendants ne prêtaient pas à illusion. Je n'appartenais plus à leur monde.

« *Ladies and Gentlemen*, un revenant est parmi nous. Je vous prie d'applaudir le grand, l'illustre Mister Sax. Bienvenue à Chicago, Jon Della Vita ! »

L'annonce au micro m'a paru aussi factice et ridicule que les présentations de mes matches de boxe amateurs d'autrefois. Pour un peu, je me serais attendu au verdict de l'arbitre : « Vaincu par K.-O., au quatrième round, au beau milieu du solo de batterie ! »

J'ai joué comme un pied.

J'avais intérêt à rentrer à Paris dare-dare.

13

Cette fois, je me suis mis à chercher Maï pour de bon.

Des démarches administratives n'auraient servi à rien et le hasard des rues parisiennes risquait de ne pas suffire.

J'ai décidé de me préparer.

A quoi ? Ce serait difficile à dire. Mais j'avais l'intime conviction que si je retrouvais la forme physique, si je me mettais en condition pour répondre à l'état d'urgence qui m'agitait, je deviendrais au moins capable de bouger, en cas de nécessité.

J'ai repris la boxe. L'entraînement, c'est-à-dire. Les jours de relâche, emmitouflé sous des couches de pulls et de serviettes-éponges, je me rendais en courant jusqu'au bois de Vincennes où je continuais mon footing en boxant autour de l'ombre des arbres. Esquive, droite, gauche. Plus vite, une-deux, plus sec, une-deux-trois ! De plus en plus serrés, les coups, agressifs, meurtriers...

Je retrouvais les réflexes d'un homme déambulant dans un monde dépeuplé. Ceux du combattant.

Pire, je m'aperçus que la guerre me manquait. Montaient en moi des images d'une netteté effrayante. Je ne savais plus faire la différence entre la réalité des atrocités auxquelles j'avais assisté, ou participé, et le scénario gangreneux que le souvenir tissait autour de mon existence quotidienne.

Je vivais dans le besoin de l'horreur. Une fois de plus, c'est Maï qui m'a sauvé du désastre. Si j'étais mal sevré de la guerre, je l'étais moins encore de cette jeune femme qui m'avait enseigné à accepter, à admettre la défaite. Et ce, sans avoir l'impression de jamais plier l'échine. Cette vertu n'appartenait pas à mon arsenal. J'avais toujours feint d'ignorer que se bousiller les poings contre des palissades, pour obéir à Papa, se triturer les méninges dans l'espoir d'interpréter *My Funny Valentine* avec la nostalgie requise n'étaient pas les seules armes capables de vaincre l'inquiétude.

A la salle, je m'améliorais chaque semaine. L'entraîneur qui, en dépit de mon passé militaire, avait rechigné à accepter mon inscription, n'hésitait plus à m'opposer à des types beaucoup plus jeunes que moi. Je n'en faisais souvent qu'une bouchée. Les vieux réflexes me revenaient. Il me manquait encore un peu de souplesse, mais la technique y suppléait. L'instinct aussi. Cette impulsion sourde qui, dans les moments d'extrême tension, vous dicte le geste qui tue ou qui vous sauve la peau.

Mon entraîneur s'aperçut de la métamorphose qui s'opérait en moi. A l'issue de l'une des leçons, il me demanda de passer dans son bureau, après la douche.

« Vous m'inquiétez, Della Vita..., dit-il sans préambule. Je ne crois pas que je vais pouvoir vous garder.

– Vous avez peur ? » répondis-je, dents serrées. Et c'était plus une affirmation qu'une interrogation.

« Je vous donne un conseil, c'est tout... Vous êtes suffisamment aguerri pour comprendre que certains comportements ne sont pas tolérables dans un club. Et la philosophie du nôtre...

– Aguerri, c'est le mot !

– Le mal qui vous ronge, Della Vita, ce n'est pas ici que vous allez le soigner.

– Je sais.

– Notre force réside dans le respect des règles. En ce moment, vous ne respectez plus rien. Même pas vous. Vous êtes une bête sauvage.

– Vous avez déjà vécu dans la jungle ? demandai-je. Vous ne savez pas ce que c'est la bagarre, la vraie, quand l'énergie ne vous appartient plus, qu'elle explose comme une balle dum-dum, et vous troue le bide à l'endroit où ça fait le plus mal !

– Vous mériteriez que je vous donne une bonne leçon !

– Particulière, hein ? C'est vous qui perdez votre sang-froid ! Mais quand vous voulez ! Je suis à votre disposition.

– Alors, demain. A midi. En privé. Seul à seul, monsieur Della Vita... »

J'ai passé une nuit épouvantable. Une de ces rares occasions où l'alcool me fut vraiment nécessaire, pour faire passer le temps. Je m'étais réfugié chez moi. J'avais dîné d'une tomate coupée en rondelles avec de la mozzarella arrosée d'huile d'olive. Une bouteille de bordeaux n'avait pas suffi. Tandis que je m'efforçais d'avancer dans ma lecture d'un roman de Philip Roth – *Ma Vie d'homme*, je crois –, je me suis jeté sur le quart d'armagnac qui dormait dans ma bibliothèque.

Surnageant au-dessus des effluves qui m'envahissaient, plongé dans un réseau de pensées contradictoires, qui allaient de l'agressivité la plus atroce à la démission suicidaire, je me suis raconté des histoires. Entre volonté d'en découdre et fuite en avant, le choix n'était pas simple.

J'ai maudit la terre entière. Et je me suis détesté.

Par moments, j'ai eu l'impression qu'il n'y avait pas de meilleure façon de me préparer au combat.

Maï m'avait enseigné l'ascèse. J'en étais loin. Je m'en fichais. Ce serait tout ou rien.

Mon adversaire avait la situation en main. Je ne disposais que de ma rage et de ma rancœur.

Il a vite compris que j'étais une proie idéale. Il me l'a fait comprendre, d'emblée, en simplifiant le jeu, comme s'il jouissait de me prendre en défaut sur des manœuvres élémentaires.

« Pas de gants, monsieur Della Vita. Un combat à poings nus ?

– Vous voulez la castagne !

– Oui. »

L'eût-il voulu, il aurait pu me terrasser d'entrée. Peu à peu, il ajustait ses coups. Et moi, je me contentais de lui montrer que je tenais la distance.

Soudain, il me décocha un direct au plexus qui me courba en deux. Au lieu d'en profiter, il s'exposa, bras ballants, sûr de lui. Il me narguait. Ignorant les règles, je frappai très fort, poings fermés. Mon gauche s'écrasa sur sa tronche, suivi d'une série de droites au foie. Il se plia sur lui-même, bouche ouverte, cherchant sa respiration. Mon genou gauche lui broya les couilles. De la tête, je lui explosai le nez qui se mit à pisser le sang. Je le soulevai de terre. Sa réaction fut immédiate. Il me ceintura les reins et tenta de me déstabiliser. Ça n'avait plus rien à voir avec de la boxe, même thaïe. Maï m'avait appris à me libérer de ces tenailles asphyxiantes. Et, surtout, à enchaîner sur un mouvement imparable qui ne laissait aucune chance à l'adversaire. Naturellement, mon entraîneur connaissait la parade. Sonné, il eut quelque mal à l'appliquer. De mon côté, je ne me sentais pas très bien. Le souffle me manquait. Ma vue se troublait. Mon vis-à-vis m'apparaissait derrière un écran de nuages rouge sang. Il m'agrippa au cou. Je fus tenté de céder, d'abandonner. Après tout, qu'avais-je à prouver ? Cette rencontre ne valait pas mieux qu'une bagarre de bistrot. Un enjeu dérisoire, pour la frime...

Il y avait longtemps que ma vieille blessure à l'épaule avait cessé de me tourmenter. D'instinct, sans doute, il est allé me fouailler de ce côté-là. Voyant que le coup avait porté, il grinça entre ses dents : « Ça suffit peut-être, Della Vita ? On pourrait s'arrêter là... » Pour toute réponse, je l'ai catapulté à terre d'un ciseau de jambes inattendu.

Désormais, il savait qu'il n'y aurait ni trêve ni compromis, et que son expérience ne suffirait pas à le tirer d'affaire. Pour la première fois de sa carrière, il allait devoir se mettre en réel danger. Je vis la peur se glisser, sombre, dans son regard. Sans doute lisait-il dans le mien cette espèce de négation de la vie, propre à ceux qui ont zigzagué à découvert, entre les balles et les explosions des champs de bataille.

Maï était en moi. Je sentais ses caresses sur ma peau. Ses ongles s'accrochaient à la moindre courbure de mes muscles. De ses lèvres grasses, mouillées, elle imposait à tout mon corps des ondulations insaisissables. Je me métamorphosais en anguille de rizière. Je pouvais aussi rugir comme un tigre des montagnes ou planer, en plein ciel, tel un aigle royal. Je n'avais plus de limites.

Jamais un solo de jazz ne m'avait procuré pareille impression de dépassement. Maï était au centre de moi, pas à la périphérie. Je pouvais tout me permettre. Même le pire des mauvais coups.

Derrière mon regard éclaté, je revis Maï en vol, fondant à la vitesse d'une pierre sur ma poitrine, pieds et poings en avant. Un boomerang cinglant, imparable, l'éclair d'un ouragan tropical.

Surpris, mon adversaire chancela. Je le matraquai.

Sa tête désarticulée ballotta sur sa poitrine.

Il s'immobilisa.

Je l'observai un instant. Puis, fermant les yeux, je poussai un long hurlement qui s'acheva sur le bruit mat du revers de ma main heurtant sa carotide.

14

Je n'ai pas le goût de la violence, on le sait. Juste, dans la bouche, celui du désenchantement. Et peut-être, au bout des doigts, cette crispation qui étrangle, entre deux notes suraiguës, le sentiment du bonheur. C'est sans doute pourquoi j'ai toujours préféré l'adagio aux sarabandes échevelées. Au saxo comme en amour, le suave ouvre bien davantage l'appétit que le paroxysme.

J'ai longtemps été persuadé que l'entraîneur avait clamsé. J'étais un meurtrier. Je l'avais trucidé et j'avais pris la fuite, abandonnant un macchabée. Au minimum, non-assistance à personne en danger. Mon compte était bon.

En réalité, je n'ai jamais su s'il avait survécu ou non. Histoire de prolonger ma culpabilité. N'importe, la panique s'est emparée de moi. J'ai décidé de me barrer, fissa. La perspective de devoir me justifier me répugnait. Les flics, ça comptait moins que les explications à donner aux uns et aux autres. Aller en prison aurait encore relevé d'une sorte de rédemption. Le vrai problème, c'était de savoir ce qui m'avait jusque-là retenu de cogner.

Tirer, au jugé, vers les arbres de la jungle où se dissimulaient des types déterminés à me canarder, avait été une affaire de survie. Un geste naturel, et comme inoffensif. Puis, prisonnier de l'engrenage, jouer du couteau ou de la baïonnette, au corps à corps, avait laissé en moi des traces indélébiles. L'impression d'être maculé de sang, de la tête aux pieds, pour le restant de mes jours. Mais on s'habitue. Même au goût de la merde, même à l'âcre saveur de la mort. Parfois, les choses de la vie courante vous donnent l'occasion d'oublier un peu, c'est tout.

Le désir de Maï me rendait fou.

C'était elle qui avait guidé mon bras, c'était elle qui avait frappé mon adversaire entre les deux yeux. Je ne me sentais pas responsable. Maï était mon excuse. Mon unique raison de me barrer en vitesse.

J'ai bouclé ma valise et j'ai décampé. Sans prévenir personne. Il a suffi d'un message laconique à mon pote Billy, le contrebassiste, pour qu'il n'aille pas s'imaginer le pire, s'il lui arrivait de lire des trucs bizarres dans la page des faits divers ou si la police s'avisait de le cuisiner.

Minimum de bagages. Premier train pour l'étranger. J'emportais mon saxo.

Je ne savais pas bien où, ni comment, diriger mes pas. Par où commencer ? Cela n'avait guère d'importance. Ayant épuisé Paris, j'avais fini par m'y ennuyer. Il était exclu de retourner à Chicago. C'eût été une façon de renoncer plus encore.

Il restait le monde, le vaste monde. Autrement dit, rien qu'un trou noir, trop grand et multiforme pour moi – une absence impossible à combler.

J'ai joué et rejoué tous les airs, des standards les plus classiques aux compositions les plus neuves – *Careless, Body and Soul, Vertigo, Embraceable you, Out of Nowhere, Caravan, Pithecanthropus Erectus*... Partout, n'importe où.

La première étape fut Turin. Par hasard, mais aussi parce que c'était la ville natale de mon grand-père Alessandro il Grandissimo. Lui, oui, il en avait eu des mecs flingués sur la conscience, à en croire les discours nostalgiques et enflammés de mon père ! L'ancêtre avait occupé, dans mon imaginaire, une place bien plus grande que toute la mythologie des gangsters développée par le cinéma et la littérature. Mon grand-père était un tueur, un vrai. Un homme qui avait du sang sur les mains. Arrivé on ne sait comment d'Italie en 1915, pour échapper à la guerre et à la pauvreté, il s'était fait une place au soleil grâce à ses poings et à son adresse au pistolet. Il avait aussi une très belle voix qui enchantait les femmes les plus élégantes de Chicago. Papa prétendait que, du temps de la Prohibition, les *speakeasies* employaient le Turinois comme videur et comme chanteur de charme. Toujours est-il qu'une nuit, une rafale de mitraillette le colla au mur d'une ruelle sombre du Loop. Il avait, paraît-il, fricoté d'un peu trop près avec l'une des maîtresses de Lansky, le patron de la Mafia juive... Mon père était fier d'avoir pris sa revanche en épousant ma mère, Anna Rothstein. A cette différence près que, orphelin, il avait été élevé par la sainte signora Della Vita, la veuve la plus raisonnable du tout-Little Italy de Chicago. Non, son rejeton ne serait pas un bandit, un flambeur aux poches percées ! Il y avait assez de familles endeuillées comme ça ! Que Capone et les autres moisissent en prison ! Finie la guerre des gangs ! Avec Roosevelt et le New Deal, l'Amérique se réveillait du cauchemar. Chacun aurait sa chance à nouveau. On allait pouvoir être riche et honnête. Avoir un véritable métier. Taxi, par exemple.

Et si j'étais un peu voyou moi aussi ? A Turin, les premiers temps, je n'ai pas été loin de le croire. Mon purgatoire, quoi...

Je me planquais sous un faux nom. Terré dans un meublé de la périphérie, vivotant de mes économies, je ne faisais rien d'autre que me donner la comédie de la cavale. Comme autrefois dans la jungle, il s'agissait d'établir le bon équilibre entre les réflexes élémentaires et la plus fine des stratégies.

J'avais renoncé assez facilement à la tentation de rechercher la trace de la famille Della Vita. L'idée de me trouver nez à nez avec quelque vague cousin me filait des boutons. Je me repaissais de solitude. Etranger au monde, j'avais la conviction de m'ouvrir les portes de l'univers. Et, au bout du chemin, sûrement, il y aurait Maï...

Et cependant, mon saxo emplissait ma chambre de sonorités singulières et de rythmes nouveaux.

A la fin d'un hiver rigoureux qui avait enserré la ville dans un étau de neige et de glace, je me suis décidé à bouger. A Milan, une boîte de seconde zone, entre bistrot et bal popu, m'a engagé pour trois mois parce que l'alto local était à l'hôpital avec une pneumonie. Utilisant mon nom d'emprunt, je m'étais bien gardé de faire valoir mes références et de forcer mon talent au cours de l'audition. Je me voulais anonyme, neuf. Aucune envie d'être remarqué.

C'était compter sans l'instinct vital, sans la force d'appel de la musique elle-même. J'avais beau me contraindre, me maintenir en sous-régime, chaque soir je jouais mieux. Les autres musiciens se sentaient mal à l'aise. Ils n'aimaient pas ma façon de faire cavalier seul, de prendre le solo pour trente-six mesures au lieu de douze et de ramasser la mise. Habitué à plus de conformisme, le public lui aussi semblait s'agacer de mes fantaisies. On réclamait le retour du malade.

Le patron du club, alerté, me convoqua. Je m'attendais à être vidé. Je le souhaitais même. Au lieu de ça, il me proposa de me produire dans une autre boîte de la ville dont il était aussi propriétaire. Avec, cette fois, les meilleurs musiciens de Milan et de Rome, en tête d'affiche. Bref, le piège se refermait. Là-bas, il y aurait forcément un type qui reconnaîtrait Jon « Mister Sax » Della Vita.

Pris de panique, j'ai failli lever le camp illico. Mais l'envie de me redonner à fond était forte, elle aussi. Quand j'ai su que Nick Portale viendrait jouer au *Syndromo*, je n'ai pas résisté. Portale était le jeune saxo ténor que j'avais tant admiré chez mon vieux professeur de mandoline Benny Curren. Depuis le Chicago de l'enfance, il avait fait une grande carrière internationale. Nous ne nous étions jamais revus. Partager la scène avec lui serait un privilège rare. Nick avait troqué le ténor pour le soprano, évoluant vers un jazz très moderne et personnel, qui ne devait rien ni aux impasses du *free* ni à l'enseignement de Coltrane. Portale, c'était Portale. Point final.

« Della Vita, me dit-il, j'ai besoin d'un alto comme toi. Je viens de composer une suite pour deux saxos et percussions. Tu es l'homme de la situation. »

Ce double signe de reconnaissance m'émut et me réveilla, enfin, de ma longue hibernation.

Je respirai profondément avant de répondre :

« Oui... Montre-moi la partition. »

C'était génial.

Flirter avec les sommets me remonta le moral au point d'en occulter mon obsession de Maï. La machine repartait. En dépit de l'émergence de la techno et du rap, le jazz se fabriquait une nouvelle jeunesse. Nous existions, à part entière.

Lorsqu'au terme d'une série de concerts en Italie et en Suisse, Nick me demanda de le suivre pour sa tournée en Asie, j'acceptai sans sourciller.

Bien sûr, ce voyage allait me rapprocher, plus ou moins, de la femme dont je n'avais cessé de rêver depuis la mort de Sonia. Aussi improbable fût-elle, une rencontre me paraissait inévitable. Je me mentais à moi-même en attribuant mon enthousiasme au seul plaisir de jouer dans l'orchestre de Portale.

Et si la musique n'avait été que le prétexte de

toute une vie, un pis-aller sans gloire, pour emmerder mon père et faire la nique à la mort ?

Au centre de tout, il y avait Maï, encore et toujours.

J'aurais eu du mal à dire exactement pourquoi.

15

Jadis, les distances donnaient au temps une valeur absolue. On pouvait s'accoutumer, oublier ou espérer. De nos jours, l'attente se nourrit d'impatience. Le raccourci exige de la vie des simultanéités trompeuses. Etre en forme à Djakarta ou mal dans sa peau à Manille n'est qu'une question de fuseau horaire. On est, au pire, décalé. Jamais en retard ou en avance.

Toute géographic s'annule. Peu importent les latitudes. Il n'y a que des espaces et des moments voués à l'alternance aléatoire du plaisir et du regret.

Autant dire que je n'ai pas vu le temps passer. C'est encore l'une des caractéristiques de cette fin de siècle, cette accélération du bonheur, ces instantanés d'une angoisse qui ne nous accorde même pas le loisir du laisser-aller. Même brutale, la mort elle-même était autrefois de digestion lente. Aujourd'hui, elle se résume à un hoquet, un fragment minuscule d'information éphémère. L'urgence a remplacé le spleen. Nous sommes gens d'insomnies et de catastrophes.

Par la force des choses, mes états d'âme se sont calqués sur les péripéties du voyage. Les décrire n'aurait que l'intérêt de la transition. Exemple : cette touriste finlandaise avec laquelle je couchai trois nuits d'affilée à Kyoto a laissé dans ma mémoire moins de mots qu'il ne m'en faut ici pour évoquer l'épisode.

J'avais en tête d'autres illusions.

De l'autre côté de la mer, au pays des tourbillons et des cascades, des serpents et des dragons, se dresse, derrière un rideau de brume légère et palpitante, une montagne accueillante. Point n'est besoin de prouesses héroïques pour en gravir les flancs en pente douce. Les chemins qui la sillonnent sont plus accessibles que ceux du souvenir. J'ai entrepris, paisible, innocent, cette escalade tranquille.

On m'avait dit, dans la vallée, d'une officine à l'autre, de bouche à oreille, que Maï demeurait toujours là-haut. Après avoir vécu quelques années parmi le tumulte populeux de la ville nichée dans un méandre du grand fleuve, elle était retournée dans son village natal comme institutrice. Sa réputation était grande. Selon la rumeur, l'école qu'elle dirigeait représentait bien davantage qu'une simple institution scolaire. C'était un dispensaire, un centre d'apprentissage, un collège de savants, un lieu de méditation, un sanctuaire. De toute la province, et même de la capitale, on y venait s'instruire, se former, se soigner le corps et l'esprit.

J'ai tout de suite su qu'il n'y avait pas méprise. C'était bien Maï, la mienne, pas une autre. Cela lui ressemblait tellement, cette démarche, ce croisement entre la connaissance, la sagesse et le bien public. Je l'imaginais, idéale, campée sur ses principes révolutionnaires d'antan et auréolée du prestige d'entreprises inédites, inconnues en Occident. Plus qu'un devoir, aller à Maï était un rite. Et ce fut dans cette disposition que je me présentai moi aussi au pied de sa montagne.

Je m'exposais peut-être à une grave déception. Sans songer une seconde à une possible confusion de personne, je m'interdisais de penser à la femme qu'elle devait être désormais. Il s'était écoulé près de vingt ans depuis notre liaison secrète pendant la guerre. La reconnaîtrais-je ? Saurais-je encore, sous les traits durcis par l'âge, suivre les lignes douces de son visage de jeune fille ? Elle devait aujourd'hui atteindre la quarantaine. Plus vieux qu'elle, je n'étais pas non plus l'homme qu'elle avait aimé en dépit des interdits de l'époque. Comment espérer que les choses puissent être comme avant ? Je n'étais pas assez fou ou déboussolé pour me trimballer avec ce genre d'inepties dans la tête.

Au contraire, j'avais le sentiment d'accomplir un acte de raison. Et peut-être pour la première fois de mon existence...

J'abandonnai donc le Nick Portale Ensemble du côté de Séoul, où des foules d'amateurs enthousiastes nous avaient réservé un triomphe. La tournée n'était pas terminée : nous devions encore rejoindre l'Australie *via* Singapour. Nick tenta de me retenir. Je lui fis comprendre qu'il ne s'agissait pas d'une lubie. Il ne discuta pas.

J'avais des dollars, peu de bagages et, sous le bras, mon saxo dans sa boîte.

L'idée de tailler la route vers un Sud improbable, de parcourir des terres inhospitalières ne me répugnait pas. Jusque-là, je n'avais pas vraiment eu le goût des expéditions. En guise de découverte, la musique avait toujours comblé mon impatience et mon souci de nouveauté. Sans doute aussi, le souvenir de la guerre m'imposait-il un écho de nature à annuler toute velléité de dépaysement. Mais, cette fois, la bougeotte me tenait lieu d'arrêt du temps. C'était paradoxal, cette envie d'accélérer le tempo à un moment où la vie semble vouloir stagner au bord du chemin, point d'orgue qui n'en finit pas de résonner, assourdissant. L'âge mûr, on appelle ça. J'avais toujours assez de force et d'énergie pour croire mon corps invulnérable. Et dans la tête, des rêves entamés, déchirés. De quoi me rendre capable de tout, même de meurtre ou de neurasthénie, au gré des circonstances. Si mon père avait encore été de ce monde, il aurait pu présenter les choses ainsi : « Gaffe, fiston, tu vas de nouveau te fourrer dans un guêpier ! Fais pas le con ! »

En grimpant à dos de mule les pentes menant au village de Maï, je n'avais pas une seconde le sentiment de jouer au con. Vallées, défilés, escarpements et plateaux, plus j'avançais, en compagnie de mon guide qui ressemblait au petit combattant que j'avais autrefois épargné dans la clairière, et moins je reconnaissais ces éléments d'un décor sublime. Dès le départ, en train, puis en camion et enfin à pied, à travers la jungle, rien ne m'avait paru identifiable. Peut-être s'agissait-il d'un itinéraire très proche de celui que j'avais emprunté vingt ans plus tôt, et pourtant, mes sensations étaient nouvelles. J'avais beau essayer de me remettre dans la peau du G.I. que j'avais été, le regard fuyait, glissait, à la dérive.

Mais le plus dur restait à faire. Avec Maï, j'allais finir de perdre mes repères.

Elle était devenue une vieille femme. Aux cheveux gris et au visage taraudé de rides. Spectacle d'autant plus bouleversant que, derrière cette apparence, je ne pouvais m'empêcher de voir les vestiges de la beauté disparue. Dès l'abord, je fus convaincu de ne pas m'être trompé. C'était bien elle : Maï, Maï la guerrière,

Maï l'intransigeante, Maï la douce, Maï l'amante et guérisseuse...

« Monsieur Della Vita, me dit-elle en anglais, d'une voix dont la fermeté me parut masquer un trop-plein d'émotion, vous faites erreur. Je ne suis pas Maï. Dans ces contrées, on me connaît sous le nom de la Grande Réparatrice – c'est bien l'expression que vous utilisez, n'est-ce pas ? Je ne peux rien pour vous. Le trouble qui vous occupe ne relève pas de mes compétences. Désolé, *Mister*, je ne suis ni sorcière ni rebouteuse. Il va vous falloir songer à repartir. La nourriture nous est comptée ici. Nous avons parmi nous beaucoup d'orphelins et de malades qui requièrent toute notre attention. Dès que vous serez remis de la fatigue de votre voyage, je vous prierai de vous en aller. S'il vous plaît... »

Je suis resté presque un an. Un séjour d'une durée ridicule par rapport à l'enjeu, et cependant terriblement long si l'on considère ses répercussions sur moi.

Après cette première et funeste entrevue, Maï m'est demeurée inaccessible. On m'avait installé dans une baraque de torchis semblable à celle de ma détention. Je prenais mes repas en compagnie d'une douzaine de personnages silencieux qui n'avaient pas un regard pour moi. Mon guide m'expliqua qu'il s'agissait de pèlerins lettrés. Je leur trouvais, pour ma part, une mine de brigands de grands chemins avec lesquels je n'aurais pas eu vraiment envie de tester mon niveau de boxe thaïe !

Chaque fois que je demandais à voir Maï, on me répondait que la Grande Réparatrice travaillait et ne recevait personne.

Les jours s'écoulaient lentement, immuables.

En réalité, à mes yeux, il ne se passait rien qui justifiât la réputation de l'endroit. Je me trouvais dans un village de paysans et de bergers, une espèce de camp retranché de la pauvreté noble et sage.

J'étais paumé, et je m'enfonçais dans une espèce d'inertie lénifiante dont rien ne parvenait à me tirer.

Même mon saxo, remisé dans un coin de ma cahute, ne me tentait plus. Je m'étais imaginé, en venant ici, que ces hauteurs magiques m'inspireraient des souffles ravageurs, des soupirs de moine tibétain, des syncopes d'escaladeur à mains nues, des arpèges de voltigeur oriental... La perspective de jouer pour Maï m'avait transporté.

Quelle illusion ! Ici, je n'avais aucun public. Et seul, j'aurais eu l'impression de violer des montagnes bleues de désespoir si j'avais eu le cran de lancer les premières notes de *Mood Indigo* en direction de la vallée.

On devait me prendre pour un de ces fous occidentaux en mal de transcendance. Mais jamais on ne me le fit sentir. Pas un mot ne sortait de la bouche de mes voisins. Maï avait raison : je n'étais pas à ma place.

Elle avait dit, lors de notre unique et brève rencontre : « Voyez-vous, l'eau des sources coule sans cesse dans le même sens. Pourquoi cherchez-vous à vous baigner une seconde fois au même endroit ? Il faut bouger pour avoir une chance d'accéder à l'identique. »

Tous ces discours, avalés par un entourage d'adeptes béats, me paraissaient d'une banalité affligeante. De la vieille philosophie grecque revue et corrigée à la sauce rance des junkies de l'époque Katmandou, alors que nous étions déjà à la fin des années 80. J'étais peut-être indécrottable, imperméable à une pensée différente de la mienne. Maï, elle, à ce moment crucial, me parut affreuse, laide et revêche. Sans intérêt. Méconnaissable.

J'aurais dû partir, comme elle me l'avait demandé. Je n'arrivais pas à m'y résoudre. Dans un coin de ma tête, au repli de mes tripes, surnageait l'idée d'une permanence. Loin d'accepter mon erreur, je continuais à me dire que je n'étais pas venu là pour rien.

Un jour, cependant, mon attente fut comblée. Je commençais à être exaspéré. Ayant épuisé la beauté de la nature, je restais coincé, maladroit, entre appétit de vivre et nostalgie. Au sens propre du terme, il n'y avait rien à faire. Les semaines s'écoulaient, closes, ramassées sur leur coquille vide... Mes dernières velléités de jouer du saxo s'étaient diluées dans une espèce d'adoration suspecte du silence. Je me mettais à ressembler aux types étranges qui végétaient et déambulaient, absents, dans les ruelles du village.

Ce fut le moment que Maï – ou celle qui l'incarnait pour moi – choisit pour me mettre à l'épreuve.

Pas plus que le reste, les saisons ne me touchaient. Soleil, brume, tornades et orages secs me laissaient indifférent. Avec la mousson, pourtant, j'eus soudain l'impression de renouer avec les émotions d'autrefois. Plus la pluie s'installait, chaude mélasse où se fondaient les détails d'un paysage désormais uniforme, et plus montait en moi le sentiment de déjà-vu.

Un matin de déluge où je sommeillais sur ma paillasse, l'un des patibulaires me secoua en me signifiant de le suivre. Je ne me fis pas prier, bien que les rites de ces types-là eussent cessé depuis longtemps de m'intéresser. Il allait peut-être se passer quelque chose de différent du prêchi-prêcha quotidien...

Je fus introduit dans la grande salle commune où Maï m'avait accueilli le premier jour. Là, une jeune fille que je ne connaissais pas prit le relais et me conduisit jusqu'au seuil d'une aile du bâtiment dont l'aspect général me rappela, brutalement, celui où, devant ses chefs, Maï m'avait jadis donné une certaine leçon de karaté.

Dans la pénombre d'une antichambre minuscule et nue, de l'encens brûlait. Je me retrouvai seul dans cette atmosphère confinée. Mal à l'aise, j'allumai une cigarette. Ma large provision initiale s'était épuisée au fil des jours, mais j'avais pu me procurer deux cartouches de Marlboro lors du passage d'un marchand ambulant, trop content de me refiler au prix fort une camelote de fraîcheur douteuse.

Il me sembla que des heures s'étaient écoulées – en tout cas, le temps d'un demi-paquet de cigarettes – avant que Maï ne me fît pénétrer dans ce qui lui tenait lieu d'appartement privé, mais qui s'apparentait davantage à l'idée que nous nous faisons, en Occident, d'un Q.G. de chef de bande armée. J'avais suffisamment lu Conrad pour savourer la bizarrerie de l'endroit sans sombrer dans une contemplation naïve et inefficace. Je me méfiais. D'un coup, mes anciens réflexes me revenaient. Sens en éveil, muscles bandés. Je guettais l'apparition de l'ennemi.

Elle avait dû profiter de l'effet de surprise pour m'observer, car je m'aperçus au bout d'un moment qu'elle siégeait à l'abri d'un voile de tulle, assise en tailleur sur une natte de rotin.

Je crus d'abord à une hallucination.

Elle avait dénoué son chignon et sa chevelure, déployée sur ses épaules, paraissait avoir retrouvé sa souplesse et son soyeux d'antan. Ses yeux brillaient comme du jade. Dans la lumière tamisée des candélabres, même les traits de son visage s'irisaient de couleurs tendres et fines.

Je ne sais pas qui était vraiment la femme avec qui je fis l'amour, cette après-midi-là, jusqu'au crépuscule. Tout ce qu'il me reste, c'est un goût de mangue fraîche dans la bouche et un parfum de roses séchées sur la peau.

16

Ce fut une époque de cauchemars.

Nuits d'insomnies bagarreuses, aubes tristes et létales. Sans la force de se dire qu'il fallait dormir ou partir. Je vivais dans une espèce d'acceptation morbide du présent.

Maï me tenait à nouveau à l'écart. Aucune explication.

Je m'étais accoutumé au silence, et même à la rancœur. Pour faire bonne figure, me donner l'illusion de vivre encore, je me jouais des airs inédits dans la tête. Par procuration, je me laissais entraîner par des bacchanales harassantes. Ça sifflait, jacassait, hurlait, détonait – une jungle de notes mirobolantes et néanmoins inaudibles. Je me blessais à coups de gammes, me berçais de litanies toujours inachevées. Mais rien ne me consolait de ma torpeur, de ma solitude molle.

Je ne me souvenais pas des mots d'amour que

j'avais murmurés à l'oreille de Maï. Ses caresses excessives, ses assauts répétés m'avaient épuisé.

Tandis que je la serrais dans mes bras, elle s'était mise à évoquer des images du temps de guerre. J'essayai, malgré mon émoi, de lui parler de Chicago, de Sonia, de mon père et de ma mère... Et un peu plus tard, frôlant du bout des doigts la peau de ses seins, je lui avais murmuré le thème de *Tenderly*.

Au moment où, enfin, je la pénétrai, elle s'écria :

« *Fuck you, bastard !* Fais-moi jouir ! »

Il y a des éternités qui sauvent et d'autres qui vous engluent, poisseuses. Maï était un reproche incarné, une insulte à la mémoire. En définitive, sa sensualité agressive, son mépris amoureux distillèrent en moi une sorte de paix intérieure, un appel à la réconciliation. A l'amertume succéda bientôt comme une satisfaction presque sereine du devoir accompli. J'étais loin, alors, de formuler les choses aussi clairement : si l'on m'avait parlé d'exorcisme du passé, j'aurais rué dans les brancards.

Seul signe d'une amélioration de mon état que je n'aurais pu contester : l'envie de reprendre mon saxophone. Désormais, je m'éloignais du village pour de longues marches sur la ligne des crêtes où j'improvisais sans arrêt jusqu'à ce que l'écho m'enivre.

Je m'étais remis à noircir du papier, à virevolter autour de triolets et de doubles croches acrobatiques. Je travaillais chaque jour. C'est de cette période que datent deux des compositions pour lesquelles je mérite encore, de temps à autre, l'attention de quelques programmateurs de radio : *Re-Loving* et *Error Erazer*.

On pourra dire tout ce qu'on voudra, ça m'est égal. J'avais trouvé un style à moi. Les influences du *be-bop* et du *free* sur lesquelles je m'étais tour à tour constitué et déconstruit m'avaient tout apporté, sauf une personnalité. Je venais de découvrir que le temps peut se dilater, que le lyrisme et la vigueur ne s'excluent pas. L'attaque pouvait être douce et néanmoins mordante. La vision toujours sauvage, sans être gratuite. Pour être bon, il ne suffit pas d'être égal à soi-même. Il faut aussi se considérer comme une énigme et admettre que la réponse la plus étourdissante ne l'épuisera jamais...

Never never est un autre morceau que je composai à ce moment-là. C'est d'ailleurs un peu à cause de lui que je me décidai à quitter le village de Maï. J'avais disparu de Chicago, New York et Paris depuis trop longtemps déjà. La tournée asiatique avec le Nick Portale Ensemble m'avait éloigné des circuits traditionnels où l'on se bâtit une réputation. On devait commencer à penser que mon exil s'éternisait. Exit Della Vita ! Fini ! Et puis, à ces raisons d'ordre professionnel, allait s'ajouter la pression de ce que je ne tarderais pas à reconnaître comme le dernier événement capital de ma vie...

Depuis des mois et des mois, j'avais remisé Mister Sax au rancart, soit. Et essayé de mettre Jon Della Vita en boîte, aussi compact et haché menu que du corned-beef. Soldat-musicien réserviste : quelle horreur ! Du concentré d'ancien combattant tout juste bon à faire des couacs sur son biniou de parade claudicante. Rien.

« Réveille-toi, fiston ! »

Papa n'avait pas eu tort de me traiter de « catastrophe ambulante » quand, adolescent, je me rêvais plus innocent que lui... Mais en réalité, au lieu de me complaire dans le faux confort de l'oubli, j'avais, ici, fait beaucoup plus que retrouver la mémoire. Maï venait de me reflanquer une pâtée existentielle, comme autrefois – une ratatouille d'anthologie, un baptême, une circoncision, un écorchage vif, une chirurgie régénératrice de la forme et du sens.

Elle méritait bien le surnom que ses compatriotes lui avaient donné. La Grande Réparatrice ! Et pourquoi pas la Mère Teresa du moteur humain, tant qu'ils y étaient, les mecs du Mékong, hein, Papa ?

Tu peux rigoler, Alessandro il Grande, je te garantis que près d'elle, j'existais, libre et entier, recouvert de toutes mes souillures, englouti sous mes imperfections. Etre sale, et le savoir, ne signifie pas que l'on perde le contact avec la vie. Au contraire, vient l'heure privilégiée où l'on se permet, enfin, de regarder le monde de manière généreuse et intense. Crois-moi.

Je te le dis aujourd'hui, sans forfanterie. A cette époque-là, je n'aurais pas su l'exprimer avec la même simplicité car, pour oser l'imaginer, il me restait encore à expérimenter l'inconcevable.

Maï m'avait caché qu'elle avait un fils.

Le petit con, l'enfant de salaud, c'était lui. Un assez joli transfert, je te l'accorde ! Juste retour des choses !

Ne va pas t'imaginer, tout de suite, qu'il s'agissait de *mon* fils. Ce serait trop facile. Jamais je ne me suis figuré que Doug pût être ma progéniture.

Et Maï – cela va de soi, maintenant – n'était pas celle que j'avais cherchée et tellement désirée.

Doug s'est pointé à la fin de la mousson. Un beau gosse. Dix-neuf ans et des poussières. Presque aussi grand que moi – pas loin du mètre quatre-vingts. Une gueule de G.I. un peu jaunasse. De grands yeux noirs. Pas trop de biceps, mais bien bâti quand même. Sur le nez, des binocles cerclés d'intello. Et des mains, mon

Dieu, des mains déliées et fortes, des paluches de saxophoniste universel !

Maï me le flanqua entre les dents tel un uppercut, imparable. Les présentations furent réduites à l'essentiel.

« Doug. Un enfant de la guerre. Un échec. Le monde à l'envers. Il n'aime que ce qui vient de chez vous. La musique, les mœurs, les vêtements, la nourriture... Fais-en ce que tu veux. »

Doug se contentait de sourire. A première vue, il avait une allure d'idiot. Béat, extatique. Seule la lumière de ses yeux trahissait une certaine attention au monde, redoutable. Il y avait la carapace et, au-dessous, le venin.

Pendant quelques minutes, je me suis demandé s'il était possible que je fusse son père. Les dates concordaient. On aurait pu refaire l'histoire, à l'image de ce bâtard sorti comme un diable de son décor d'opérette.

Le plus intriguant, c'est que ce môme chaussé de baskets américaines et vêtu d'un jeans et d'un T-shirt *Mostly Mozart* n'était pas taré. Tout au contraire.

Au cours d'un cérémonial qui dépassa en étrangeté tous les rites auxquels j'avais assisté depuis des mois, Maï mit en scène le concert célébrant le retour du fils prodigue.

Le village entier avait été requis. Et, même les pèlerins d'ordinaire murés dans leurs postures sibyllines s'étaient mis à s'agiter, lessivant la grande salle commune, apportant des gerbes de fleurs délicates, bruissant de commentaires intarissables.

Le grand soir, Maï vint en personne me chercher dans ma baraque. Elle ne laisserait rien au hasard.

« Tu es mon invité d'honneur, me dit-elle. Suis-moi. Et emporte ton instrument de musique dégénérée. Sois le bienvenu. »

Très à l'aise, Doug se présenta avec son violoncelle et s'installa sur un simple tabouret au milieu de la salle, où il attendit que peu à peu le vacarme de volière s'apaise. Alors, Maï fit un signe de sa main droite et le silence s'établit. J'étais assis à côté d'elle, par terre, sur un tapis au tissage raffiné, et je tenais mon saxo dans le creux de mes jambes croisées.

Le petit se concentrait. Il avait fermé les yeux et jeté sa tête en arrière. Son instrument était en place, l'archet suspendu au-dessus des cordes.

Je le trouvai beau, mon Doug, tout à coup. Et pourtant, il m'énervait avec ses mines d'enfant prodige inspiré. Encore fallait-il qu'il me montrât ce qu'il était vraiment capable de faire. Je ne savais pas ce que Maï avait pu lui dire à mon sujet mais, d'avance, je le jugeai un peu culotté de me jouer à moi le numéro du grand musicien.

D'entrée, sans préambule, il se lança dans la

Suite n° 2 en ré mineur pour violoncelle solo de Bach, que je reconnus après quelques mesures. Gonflé ! Et pas mal. Il y entrait avec conviction et sans emphase. Oh ! je l'attendais au tournant ! Fiston, il allait falloir tenir la distance !

Loin de se planter, il affirmait ses intentions, dominait la partition. Sciant ! J'en avais les larmes aux yeux. Son interprétation fougueuse et retenue tout à la fois me ramenait, de note en note, aux recherches que j'entreprenais moi-même depuis quelque temps. Je serrai les poings. Le gosse me faisait la nique. Et j'y prenais du plaisir.

A la fin du morceau, je fus le seul à applaudir. On eût dit qu'une nouvelle fois, je commettais une espèce de sacrilège. Maï me regarda, mi-souriante. Et elle se mit aussi à taper dans ses mains.

Doug enchaîna sur la *Suite n° 4 en mi bémol majeur*. Il ne doutait de rien. A ce moment-là, j'étais persuadé qu'il aurait pu nous donner sans fléchir l'intégrale de cette œuvre colossale. De fait, il fut encore meilleur dans ce morceau-là : tout y était, le doigté, la vitesse d'exécution, et surtout l'émotion.

Cette fois, la salle explosa de murmures flatteurs, tandis que je m'abstenais de manifester mon enthousiasme.

Doug paraissait imperméable à ce que les uns et les autres pouvaient penser de lui.

J'aimais bien ça.

Il me plaisait de plus en plus.

Au lieu de faire le fanfaron, d'écraser son public sous sa science, il joua – histoire de calmer les esprits, je suppose – une transposition du *Requiem* de Fauré. A pleurer, mais j'étais probablement le seul à le savoir. Même sa mère semblait être déçue par un finale d'une tristesse aussi calme.

Il salua de trois courbettes rapides. Et s'avança vers le premier rang pour me serrer la main. Malgré son sourire malin, je compris qu'il me défiait. Je me levai, saxophone en main.

« O.K., Doug », lui dis-je en le fusillant du regard alors que, lui, tenait ses yeux baissés.

A partir des thèmes conjugués de *A child is born* et de *What are you doing the rest of your life*, je débouchai sur une très longue impro du type de celles que j'avais expérimentées dans le secret des montagnes. Je planais, cassais le rythme, fondais les modes en une vague sonore aux harmonisations infinies. Je m'autorisais toutes les audaces, tous les bonheurs aussi.

Mon exploit fut salué par un silence lourd d'interrogations. Doug vint se placer à côté de moi et me prit par l'épaule. Se rasseyant, il fit vibrer les cordes de son violoncelle de trois coups d'archet rageurs, suivis des premières mesures de *It ain't necessarily so.* Il connaissait au moins *Porgy and Bess* de Gershwin, le bougre !

Il avait raison : non, rien ne devrait être forcément comme ça. *It ain't necessarily so...*

Et cependant, je me joignis à lui pour un duo que nous fîmes un peu trop durer.

Au-delà du plaisir de jouer ensemble. A la limite du malentendu...

Les semaines qui suivirent furent essentielles.

J'avais déjà effectué un certain travail sur moi-même au cours des mois précédents : on ne domestique pas impunément des fantômes aussi lourds à porter. J'étais donc loin du caprice et de la mauvaise grâce. Maï – ou celle qui acceptait de se faire passer pour elle – m'avait, par la force des choses, préparé à subir cette ultime épreuve.

Je me suis laissé prendre au jeu.

Il me semblait qu'il fallait domestiquer Doug. Et c'était impossible.

Maï lui avait ouvert les portes de la meilleure éducation musicale. Formation traditionnelle, d'abord, et, le moment venu, le transfert vers la capitale, où Doug avait franchi les échelons du Conservatoire jusqu'au plus haut niveau. Après un repas pris en commun, il m'avait expliqué que son professeur de violoncelle, un certain Nguyen Quelque-Chose, avait étudié à ses débuts avec Pablo Casals dans le sud de la France, puis à la Juilliard School de New York, avant de regagner le pays en guerre pour initier la jeunesse à l'art de l'ennemi. Mission accomplie !

« Je piétine maintenant, me dit Doug. Il faudrait que j'aille me perfectionner ailleurs. A Moscou, à Paris ou à la Royal School of Music de Londres... Tu ne crois pas, Jon ? »

Je ne sais pas ce qui m'a pris, mais je lui ai répondu :

« Pourquoi tu ne viendrais pas chez moi, à Chicago ? Il y a tout ce qu'il faut. L'orchestre symphonique y est l'un des meilleurs du monde. Je suis sûr que tu pourrais passer le concours.

– Pas question d'intégrer un orchestre, me rétorqua-t-il. Je veux faire une carrière de soliste ou rien. »

Il avait raison, bien entendu. Pourtant, je ne l'ai pas raté. Il me les brisait menu, le môme, avec ses prétentions ! Je me suis mis à lui expliquer qu'au départ, il y a les autres, toujours les autres. Que la musique est une affaire collective. Je ne comprenais pas, lui dis-je, son individualisme. Comment, lui qui avait poussé sur le terreau révolutionnaire, pouvait-il nous donner une plante aussi réac, aussi m'as-tu-vu ?

« Demande à ta mère. Je suis sûr qu'elle est de mon avis.

– Non ! Elle pense comme moi. T'es qu'un trou-du-cul avec tes chansonnettes de nègres !

– Ah ! parce qu'en plus, tu es raciste ! Je vais te dire, moi : les nègres, tous les nègres, tu m'entends bien, *tous* les nègres, ceux qui ramassent du coton dans le Sud, ceux qui pêchent des poissons-chats dans le Mississippi, ceux qui fabriquent des boulons dans les usines de Detroit, et même ceux qui dealent de la came dans le Bronx ou à L.A., ils en savent plus que toi en matière de musique !

– Tu dis ça parce que t'as la merde au cul. Maï m'a raconté, mes professeurs aussi, comment vous les traitez les Noirs, dans ton pays...

– Les Jaunes ont leurs petits problèmes également, Doug...

– Pas pareil. Surtout s'ils sont artistes. Et puis, on vous a battus. Vous êtes repartis la queue entre les pattes. Depuis, vous la mettez un peu en veilleuse... En plus, moi, mon père était américain.

– Je sais... Je sais... »

Doug parlait l'anglais mieux que sa mère, presque sans accent. Il y prenait, me semblait-il, un plaisir sans partage, tandis que ses incursions dans sa langue maternelle, en direction des gens du village, paraissaient cassantes, étriquées, cruelles. C'était sûrement ma façon d'interpréter un écart linguistique infranchissable, mais il y avait, selon moi, une dureté dans sa voix que la seule position dominante de Maï au sein de la communauté ne suffisait pas à expliquer. Et cependant, d'une manière générale, Doug ne quittait jamais son air de grand dadais aux ailes d'ange. Il se pliait en deux, tête rentrée dans les épaules, et me dévisageait en coin, sourire aux lèvres. J'ignorais s'il fallait y voir du dédain ou de la pure jovialité. Il n'était pas si compliqué, quoi, le petit, puisque, en définitive, il disait et faisait exactement ce qu'il voulait.

Agacé par ses rodomontades, je lui proposai, un jour, d'aller ensemble dans la montagne, lui avec son violoncelle et moi avec mon saxophone. Il ne se fit pas prier.

« Merci, Jon, dit-il, en évitant de me regarder en face. J'attendais ce moment avec impatience. »

Les larmes me vinrent aux yeux. Bêtement. Je les retins. Ça m'aurait quand même fait mal au ventre de lui donner la victoire d'entrée.

C'était moi, en effet, qui me réfugiais dans une attitude de compétition. Doug ne se sentait pas en concurrence. Convaincu, depuis longtemps, d'être le meilleur.

Je lui aurais bien foutu des baffes. Mais je ne pouvais m'empêcher de l'assurer de ma confiance. Comment en étais-je arrivé à me prendre d'affection pour lui ? Est-ce que je l'aimais ? Voyais-je en lui comme une reproduction de ce que j'avais été à l'époque de Benny Curren, de Nick Portale et de mes premiers concerts publics à Grant Park ? Putain, à force de ne pas faire gaffe, j'allais me laisser bouffer !

En réalité, sur l'instant, je ne me méfiais pas vraiment. Je gobais, je jubilais, j'étais heureux. Je prenais tout. Ou presque. Plus le temps passait et plus les contradictions de mon comportement traduisaient les inévitables vestiges de ma personnalité d'avant. Au fond, j'avais changé. Les chemins étaient multiples. Où je devinais encore une impasse se profilait malgré tout une issue. Je m'étais débloqué. Au point d'accepter le gosse.

Grand seigneur, Doug déclara qu'il me laisserait commencer. J'attaquai sur un *medley* où défilèrent, selon des transpositions subtiles et parfois acrobatiques, du Cole Porter et du Duke Ellington. Comme si je n'avais pas voulu assommer Doug tout de suite... Quand il le décida, il se mit à me donner la réplique, à coups d'accords bien sentis, puis avec des variations à la tierce du plus bel effet. Il manquait peut-être de swing et s'appliquait un peu trop. Mais, au-delà de la bonne volonté et du talent, on sentait un tempérament qui ne demandait qu'à s'exprimer.

« Lâche-toi, lui lançai-je. Vas-y, ne t'occupe pas de moi, improvise. Tu es bien, là, en *fa* majeur. Prends le solo. »

Je venais d'esquisser, à grands traits, le thème de *Sophisticated Lady*, estompant les accents ellingtoniens pour privilégier un squelette de structure mélodique. N'importe quel jazzman aguerri aurait embrayé sans problème. Doug perdit un peu le contrôle de la situation en essayant de combler les trous harmoniques que j'avais creusés devant lui. Ah !

Je le rattrapai par la peau du cou. Par-dessus ses lunettes, il me jeta un coup d'œil agressif et néanmoins complice. J'ai compris, semblait-il dire, attends et tu vas voir !

Et lorsque, pour troubler et agrémenter le jeu plus encore, j'intégrai soudainement le thème du célèbre *Take the A Train*, Doug n'eut aucun mal à se glisser dans ce changement de tempo. Il tourna la tête dans ma direction et me sourit. Le reste du temps, il n'avait cessé de fixer l'horizon, à l'autre bout de la vallée, où la courbe des montagnes pelées s'enfonçait dans la noirceur et la luxuriance de la jungle.

Plus tard, il m'avoua qu'il avait reconnu l'intro de l'émission consacrée au jazz sur la chaîne de radio *The Voice of America*.

« Tu sais parfaitement ce dont je parle, ricana-t-il. Vous nous avez toujours balancé ça dans les oreilles, même du temps de mon père. La première fois que j'ai entendu cet air, c'était dans le ventre de ma mère. »

Nous étions convenus, une fois pour toutes, que nous ne parlerions pas de son père.

« Ce n'est pas toi, avait-il déclaré un jour. Alors, arrête de te sentir responsable de tout. »

Maï avait confirmé. Le soldat américain en question s'appelait Johnny Douglas Del Ponte. Un autre rejeton de Rital... Il l'avait violée, tandis que sa section ratissait les villages du coin. Et puis, il s'était installé l'espace d'une petite semaine, et elle s'était donnée à lui parce qu'elle se savait enceinte. Le jour maudit où le sergent-chef Del Ponte l'avait plaquée au sol et assommée d'un revers de crosse de son P.M. derrière la nuque, elle était féconde.

Il ne lui restait que deux solutions : ou elle le tuait ou elle lui donnait l'amour auquel il avait droit désormais. Elle choisit la seconde, par égard pour la vie qu'elle portait en elle, se réservant de décider plus tard du sort qu'elle ferait subir au beau Johnny...

Je suppliai Maï de me dire la vérité. Il ne lui en coûterait rien, de toute façon. Mon insistance provoqua l'un de ces éclats de rire qui me laissaient pantois et démuni. Jamais elle n'accepta d'aller plus loin dans sa confession. Je ne pus donc faire autrement qu'imaginer le pire.

« Si ce Del Ponte existe et vit aujourd'hui, quelque part en Amérique, avec femme et enfants, où qu'il soit, je pourrais aider Doug à le dénicher. »

Cette proposition cassa net le rire de Maï. Elle

me jeta un regard brûlant. J'étais en territoire interdit. Exclu.

Sans m'en apercevoir, je venais de considérer comme une évidence que Doug viendrait avec moi aux Etats-Unis. Le processus était enclenché. Maï attendit son heure pour profiter de l'aubaine.

« Doug veut t'accompagner, toi. Parce que tu parles la même langue que lui. La musique... Il n'est pas question d'autre chose. Son père est bien là où il est. C'est de toi, Jon Della Vita, que mon fils a besoin. »

Et la fin de notre concert improvisé dans les montagnes, dont j'ai laissé le récit en suspens, me conforta dans l'idée que c'était l'unique chose à faire.

Doug fut sans pitié. Après mon exposé du thème de *Take the A Train*, il ne me concéda pas la moindre initiative. Sa manière d'entrer dans l'improvisation me coinça, sans souffle. Il captura la ligne mélodique, la tordit dans tous les sens, l'agrémenta et finit par la dénaturer jusqu'à ce qu'elle fût méconnaissable, rejoignant des inflexions rares à la Bartók ou des désescalades rythmiques dignes du meilleur Berg.

Je l'écoutais.

Il occupait le terrain.

Seul.

Mon soutien aurait été redondant. Un pléonasme mesquin.

Il allait les épater, mon Doug, les blasés de Chicago et de New York.

La nouvelle révélation ! Le phénomène venu d'Extrême-Orient ! La rencontre miraculeuse de deux civilisations ! Toutes les traditions musicales dépassées ! Du jazz bien tempéré aux expérimentations postmodernistes les plus osées !

Je ne croyais pas si bien dire. Telles furent, en effet, quelques-unes des manchettes que les critiques du *Dallas Morning News*, du *San Francisco Chronicle*, du *Philadelphia Chronicle*, du *Chicago Tribune*, du *Boston Globe*, et même du redoutable *New York Times*, allaient lui accorder... Et j'en passe ! Quant à la presse étrangère, ce fut du délire. De Londres à Vienne, en passant par Paris et une série de festivals, dont ceux d'Aix-en-Provence, Marciac, Salzbourg et Montreux, alliant jazz et musique classique, Doug Maï – c'était le nom d'artiste que je lui avais choisi – fit un malheur.

Façon un peu rapide de résumer une trajectoire fulgurante dont – je le reconnais – je fus en grande partie l'organisateur et le maître de cérémonie. J'avais pris la carrière du petit en main.

« Et la tienne, de carrière, connard ! aurait

rugi Alessandro il Grande. Toujours à faire dans les grands sentiments, à sacrifier la moitié de la chemise qu'on n'a même pas à se mettre sur le dos ! Samaritain de mes deux ! Ça t'a servi à quoi d'avoir un paternel mécréant et une mère juive ! Merde, alors ! »

Il n'arrêtait pas de me gueuler dans les oreilles, Papa. Et pourtant, ça ne m'empêchait pas de continuer. Au contraire.

Mister Sax était devenu imprésario, entraîneur, *coach*, arbitre, pute de luxe, entremetteuse, bonne à tout faire, nounou... Sonia, la terrible Sonia Robert, aurait trouvé mon vocabulaire plutôt sexiste, elle qui ne ratait pas une occasion de me remonter les bretelles avec ses discours féministes. Mais Sonia, comme toutes les femmes d'ailleurs, avait disparu de mes souvenirs ou de mes préoccupations, à l'époque de la gloire de Doug. Certes, les exploits du gosse m'offrirent des occasions de rencontres, parfois superbes, sur lesquelles je ne crachais pas, en général. Pourvu que ça ne nous fasse pas perdre de temps et d'argent !

Il en gagnait de plus en plus, du fric, mon protégé. Et moi aussi, bien entendu. Nous vivions tous les deux dans une espèce de bulle d'air qui ne ressemblait à rien de ce que nous avions connu jusque-là. Doug, lui, trouvait ça normal. Confort et facilité ne lui arrachaient pas le moindre commentaire. Il était toujours d'humeur égale. Il ne se plaignait pas et ne manifestait pas non plus de signes d'enthousiasme. Ses succès le laissaient froid. Il écoutait mes louanges sans mot dire, et les éloges de la presse le déridaient à peine.

« Donne-moi du tonus, se contentait-il de maugréer. Ça ira comme ça... »

Et il se bourrait de vitamines. Toutes : B, C, E..., un véritable alphabet qui paraissait rimer, pour lui, avec les gammes musicales qu'il allait privilégier, tel ou tel jour, dans son répertoire.

Il m'inquiétait un peu. Toujours un peu patraque. Toujours un pet de travers. Et parfois, à cause de ses malaises, nous avions dû annuler certains concerts. Je l'avais emmené consulter les meilleurs médecins d'Amérique et d'Europe. Tous m'avaient rassuré. Rien à signaler. Un simple problème d'adaptation. Une question de temps.

Nous nous trimballions avec une armada de médicaments. Cette infirmerie portative ne servait pas beaucoup.

Elle me donnait bonne conscience.

17

Trois ans se sont écoulés en un rien de temps.

Doug et moi étions poussés par l'événement. Nous allions de ville en ville, de continent en continent, sans nous apercevoir que nous cédions au tourbillon et que, surtout, nos ambitions communes mollissaient.

A Chicago, au début, j'avais joué les fiers-à-bras, déambulé partout avec Doug en le présentant comme mon fils spirituel.

« C'est ton héritier ? m'avait dit Bill, le contrebassiste. Pour un mouflet, il ne se débrouille pas trop mal. Mais, tu sais, Jon, il n'a pas le feu sacré que tu avais, toi, à son âge.

– Tu crois ?

– Un peu, oui ! Ecoute, écoute bien. Il donne la leçon à chaque mesure. Nous, on se fout les tripes à l'air à chaque note. Et puis, merde, si tu fais plus la différence, c'est tant pis pour toi.

– Il a ce truc en plus que nous n'avions pas. Le culot, la fierté...

– T'es trop con, allez ! Arrête ou on va se fâcher. »

Et, en effet, je me suis détaché de tous mes anciens amis. Au fil des brouilles, le réseau s'est peu à peu fichu de mon sort. Je n'étais plus des leurs. A vouloir évoluer dans la cour des grands, je sacrifiais l'essentiel, ce pour quoi j'étais né, ce miracle de l'instant où, à partir d'un *riff* de batterie, je contre-attaquais sur un solo inédit, un sentier que jamais personne n'avait emprunté avant moi.

Billy me l'avait reproché :

« O.K., pourquoi pas ? Amuse-toi avec ce *kid.* Ramasse du blé. Epate le gogo. Mais toi ? Ton saxo ? Tu as oublié ton saxo ? La meilleure part de toi-même. Ton prolongement. Ta bite, mon vieux, ta queue ! »

C'est vrai. Durant ces années-là, je ne touchai pas à mon sax.

Le programme de Doug fut presque trop conforme à mes prétentions. Moi, je savais qu'il ne progressait pas, qu'il planait gentiment sur son acquis. Car, question sexe, ce n'était pas le pied non plus.

Doug semblait se balader à mille lieues de ce problème. Lunaire.

Il avait largement plus de vingt ans maintenant, et les filles, il ne les voyait pas. Puceau à cet âge-là, me disais-je, après tout, ce n'est pas grave. J'en sais quelque chose. Mais, quand même, de nos jours, avec toutes ces nanas qui se pâment devant lui, il pourrait avoir une réaction, quelle qu'elle soit.

Un jour – c'était en juillet, dans le cadre du festival de Newport, où le morpion se tailla la part du lion face à des célébrités telles que Herbie Hancock et Wynton Marsalis, ce dernier allant jusqu'à lui proposer d'enregistrer avec lui son prochain disque –, ce jour-là donc, dans une brasserie proche de Central Park, après le concert d'après-midi sur la Lincoln Plaza, je l'entrepris sur le sujet.

In loco parentis.

« Il y a eu cette Pamela avec qui tu es sorti, deux ou trois fois, à Los Angeles. Il y a eu la Mila de Budapest, si je ne m'abuse. Dis-moi si je me trompe... Et puis, c'est tout, non ?

– Et alors ?

– Non, je te demande ça comme ça. Pour savoir si tu es heureux.

– Je suis parfaitement heureux.

– Tu y as trouvé ton compte ?

– A quoi ?

– Ben, j'sais pas, moi. A ce qu'elles te disaient, à ce qu'elles te faisaient...

– Pamela n'avait aucune conversation. Mais j'aimais bien sa Chrysler décapotable. C'était chouette de regarder les étoiles depuis la plage de Santa Monica. Elle nageait bien. Je lui ai proposé de traverser le Pacifique à la nage et de l'emmener dans mon pays.

– Et qu'est-ce qu'elle t'a répondu ?

– Elle m'a embrassé sur la bouche.

– C'est tout ?

– Oui. Après, je lui ai dit que je voulais rentrer, que j'avais un concert à préparer.

– Et Mila ?

– Elle étudie encore le piano au Conservatoire. Nous avons discuté les partitions de Stockhausen. C'était passionnant. »

Il me tuait.

Parfois, je le trouvais insupportable. Il me fatiguait. Sa sérénité, sa passivité me mettaient dans des états de nerfs impossibles. Les envies de lui rentrer dans le lard, de lui faire bouffer sa morgue silencieuse ne me manquaient pas. Mais je me retenais. En me le confiant, Maï avait reconnu que j'étais et avais toujours été un homme de paix. Il fallait que je me montre à la hauteur. Crapahuter dans la boue des rizières, dégommer au P.M. le bout du nez d'un petit mec noir à cent mètres de distance n'auraient eu aucun sens si, aujourd'hui, je n'avais pas été capable de plonger en apnée pour explorer des fonds sous-marins inconnus, de casser leur pipe aux mythes les plus éculés.

Donc, je lui ai posé la question, à brûle-pourpoint, au cas où :

« Doug, tu aimes peut-être les hommes ?

– Je joue du violoncelle pour l'amour de l'humanité. Oui, j'aime les hommes : Scarlatti, Mozart, Beethoven, Brahms, Saint-Saëns, Gershwin, Ravel, Webern, Ives, Bernstein...

– Arrête tes idioties ! Je te demande si tu es attiré... affectivement... du point de vue sexuel... par les personnes, les corps du genre masculin.

– Ah, tu veux savoir si je suis gay ?

– Oui.

– J'ai plein d'amis homosexuels. Toi aussi, n'est-ce pas ?

– D'accord, mais...

– Figure-toi, Jon, que depuis hier, pas plus tard qu'hier, j'ai rencontré, ici à New York, une fille qui m'intéresse.

– Ah ! bon !

– Cela dit, ça ne te regarde pas. C'est ma vie privée.

– Je suis bien content d'apprendre que tu en as une, fiston ! »

Il aurait mieux valu, pour nous deux, que je ne me réjouisse pas aussi vite.

Mais avant d'en arriver là, je dois reconnaître qu'en dehors de tout ça, Doug était plutôt facile à vivre. Presque trop lisse. Par moments, j'aurais souhaité qu'il ait un peu plus de mordant. Il se déroulait et glissait comme une anguille. Aucune aspérité de l'existence ne semblait mériter son attention. Il n'était pas blasé, non. C'était une indéfinissable capacité à s'extraire du flot général, sans pour autant se placer en marge pour voir passer la caravane. Là où il se posait, il se sentait bien.

Parfois, je m'interrogeais. Existait-il vraiment, ce garçon, ou bien était-il une création de mon imagination ? A l'observer, absent, avec sa démarche nonchalante, j'avais l'impression d'avoir affaire à un être virtuel, l'incarnation de l'un de mes rêves solitaires. Il m'arrivait alors de le prendre en grippe, de ne plus lui parler pendant plusieurs jours, si ce n'était pour lui donner les informations nécessaires à l'exercice de notre métier, instructions qu'il recevait sans se départir de son calme ravageur.

Le petit n'avait pas d'idées, d'ailleurs. Sur rien !

On aurait pu s'engueuler à propos du tiers-monde, de la pauvreté, de la drogue, de l'effet de serre, de l'impérialisme américain, que sais-je donc ! Non, rien !

J'avais beau le provoquer. Au mieux, il se contentait de rigoler. D'un rire qui me rappelait celui de sa mère, Maï. Et qui me clouait le bec instantanément. Même mes évocations de la guerre ne le faisaient pas réagir. Il écoutait, pensif, regard en dedans. Qu'est-ce qui pouvait bien se passer dans cette caboche sans cesse occupée à solfier des notes de musique ? Une vraie machine à mouliner de la partition. Et, qui plus est, une mémoire fabuleuse. Il lui suffisait de déchiffrer une fois n'importe quel morceau pour qu'immédiatement, il s'inscrive dans sa tête.

J'aurais voulu qu'il vive davantage. Le peu d'éducation que j'avais essayé de lui donner ne desserrait pas l'étau de son quasi-autisme. N'eût-il pas été aussi génial en musique, on aurait pu le prendre pour un anormal. Même la pratique du jazz, qui l'amusait beaucoup, ne le rendait pas plus humain.

Comment aurais-je pu prévoir ce qui se tramait en lui ?

Il a commencé par rater un, puis deux concerts. Ça nous a coûté le maximum. En argent, mais aussi en réputation. Au début, les caprices du jeune « Chinetoque » faisaient marrer tout le monde. Au bout d'un moment, plus personne n'avait envie de rire...

J'ai eu quelque mal à découvrir ce qu'il fabriquait au lieu de se présenter à l'heure dite au *Alice Tully Hall* de New York. Ça me défrisait de me mettre dans la peau du détective, de l'espionner. Il a bien fallu.

Je l'ai suivi. Il s'installait sur la Cinquième Avenue ou à Washington Square avec sa copine qui jouait de l'alto et une autre fille qui taquinait plus ou moins la flûte traversière, et ce beau trio divertissait les badauds. Bref, Doug faisait la manche !

Pour le plaisir, à cause de cette Mary-Lou dont il refusait de me parler davantage. A mes questions angoissées, il répondait juste :

« Les femmes, les femmes, c'est ton obsession dans la vie. Qu'est-ce qui te prend ? Laisse-moi respirer...

– C'est qui, cette Mary-Lou ?

– Une musicienne.

– O.K., mais encore ? Ses parents, ses projets ?

– J'en sais rien. Et ça m'est égal. Sur Mozart, elle n'est pas mal, même si elle peut s'améliorer.

– Tu rigoles ? Tu sacrifierais ta carrière pour cette nana ?

– Je n'ai pas dit ça.

– Alors ?

– C'est juste comme ça. Voilà. »

Je n'avais pas une grande habitude ni une compétence particulière par rapport à ces problèmes, on l'aura compris. Il me semblait évident qu'il fallait m'écraser, profil bas.

D'accord, fiston, tu fais ta crise d'adolescence à retardement. Vas-y !

De mon propre chef, j'ai annulé plusieurs engagements à l'étranger. Histoire de ne pas courir de risques et de lui donner le temps...

Au lieu de s'en inquiéter, il a profité du répit pour disparaître pendant cinq semaines. Je me suis fait un sang d'encre. Quand, après plusieurs jours sans nouvelles, il a enfin téléphoné de Denver, Colorado, j'ai soufflé. Il allait bien et prenait son pied. J'en étais malade.

Je me raisonnais. N'avais-je pas souhaité souvent qu'il se déniaise ? Après tout, c'était de son âge, ce genre d'escapade.

Je me l'imaginais sur la route, à la Kerouac. Il arpentait les *highways* par Greyhound ou en auto-stop. La vie, quoi ! Comme à la belle époque ! Bon, il y avait, au détour, quelques feux de camp avec marijuana et compagnie. De la rigolade.

Allez, petit, défonce-toi !

Plus les jours passaient et moins j'avais envie de lui faire la leçon. C'était bien comme ça.

J'ai renâclé quand j'ai fini par apprendre que tout ce petit monde s'était trimballé dans l'une des Pontiac super-luxe et climatisées de Papa, ledit Papa étant un dur du Parti républicain, membre du Congrès et milliardaire, ça va de soi.

D'accord. On ne choisit pas en amour. J'étais prêt à l'admettre. Doug filait un mauvais coton, mais de quel droit me serais-je opposé à ce qui lui paraissait si important ?

Dans ces moments où je me sentais le moins faible, je m'avouais vaincu, et je me disais que je l'aimais, ce gosse.

Je n'avais pas du tout envie de jouer les pères, de m'ériger en juge, comme l'avait fait le mien.

Ma vie m'avait enseigné que l'on est toujours seul à se condamner et que les autres n'y peuvent absolument rien.

D'ailleurs, Doug n'est pas rentré la queue basse. Il a repris son violoncelle et travaillé plusieurs heures par jour, comme auparavant. Il semblait même plus déterminé encore. Cette volonté me parut suspecte. Déjà de l'acharnement... Je sais de quoi je parle, moi qui me suis toujours défié – et encore aujourd'hui – de la thérapeutique forcée. L'art n'est pas un exercice de musculation.

Nous sommes donc repartis, ensemble, pour une nouvelle tournée. Mais j'avais nettement le sentiment que le cœur n'y était plus, ni pour l'un ni pour l'autre.

« Et Mary-Lou ?

– On s'est fâchés à propos de l'interprétation du troisième *Brandebourgeois.*

– C'est tout ?

– Oui. »

Désespérant... A vrai dire, au fond de moi, je n'étais pas mécontent de le retrouver, mon Doug. Inchangé. Du moins, en apparence. Car la crise couvait, et je n'allais pas tarder à la faire éclater.

Sous ses dehors de feu follet asiatique, il se laissait absorber par le mode de vie américain.

Il y avait en lui du ranger taciturne et du binoclard de Harvard. Il était l'Amérique, avec ses contradictions et ses extrêmes. Ah ! si sa mère l'avait vu !

Pas une seconde, elle ne lui avait manqué. Il lui avait bien écrit de longues lettres, à intervalles de plus en plus espacés, mais pas une seule fois, il ne lui était arrivé de dire qu'il aurait voulu la revoir. Quand je lui parlais de Maï, il harponnait son violoncelle et se mettait à jouer.

Un jour qu'il se réfugiait ainsi dans une série de gammes à l'emporte-pièce, je tentai de me faire entendre :

« Doug, arrête-toi une seconde. J'ai quelque chose d'important à te dire... Tu veux bien m'écouter... Merde, arrête, avec tes do-ré-mi-fa-sol débiles ! Si tu continues, je vais en faire du petit bois, de ton instrument à la con ! »

Il a cessé, net.

« D'accord. Vas-y, te gêne pas !

– Enfin, je voulais te parler...

– Je t'écoute.

– Bon... Doug, il y a un certain temps que je réfléchis à une décision importante pour nous deux. Il me semble que, maintenant, nous sommes à la croisée des chemins. On ne peut pas continuer à prétendre que nous sommes étrangers l'un à l'autre...

– Accouche.

– Eh bien, voilà, j'ai décidé de t'adopter.

– Impossible ! »

C'était la première fois qu'il s'opposait aussi clairement à moi. Lui qui n'avait jamais d'opinion sur rien venait de me cisailler d'un seul mot.

« Je me suis renseigné. J'ai fait des démarches et écrit à Maï, insistai-je.

– Elle t'a répondu ?

– Non, pas encore. Mais je suis sûr qu'elle approuve...

– Que tu dis ! De toute façon, c'est trop tard !

– Ah ? Et pourquoi ?

– Moi aussi, je me suis adressé à l'administration. Et je suis sur le point d'obtenir gain de cause. »

Et il s'est fermé. Refusant, même sous la menace, d'ajouter quoi que ce soit ce jour-là.

Le fossé était creusé. Et nous ne savions pas qui avait donné le premier coup de pioche. J'aurais presque préféré qu'il persiste dans sa crise de boutons avec la Mary-Lou. Tout aurait été mieux – le touche-pipi, le glandage, la fumette – que cette cassure incompréhensible.

Doug a accéléré le processus. Et je n'ai pu que subir.

Il a fait une nouvelle fugue. Définitive, cette fois.

Je n'ai rien su. Il m'a fallu des semaines et des mois de recherches avant de retrouver sa piste et de recueillir les éléments susceptibles d'expliquer son geste.

J'ai encore du mal, aujourd'hui, à remettre les choses dans l'ordre.

J'ai pensé à tout. A Mary-Lou d'abord, qui avait disparu de la Cinquième Avenue pour aller rejoindre le ranch de Papa dans le Tennessee. Sa copine musicienne a fini par accepter de me donner un numéro de téléphone. Je suis tombé sur le père, évidemment. Qui m'a raccroché au nez en grognant qu'il n'avait rien à me dire. J'ai décidé d'y aller. Il n'allait pas me le kidnapper, mon Doug, ce faucon mal embouché ! J'ai loué une voiture et me suis tapé treize heures de route d'affilée. Arrivé du côté de Sewanee, je n'ai eu aucun mal à localiser le ponte du coin. Tout le monde connaissait le père de Mary-Lou et sa propriété.

J'ai sollicité une entrevue auprès des domestiques à qui j'avais indiqué que je ne décamperais pas avant d'avoir vu le Juge, comme on l'appelait ici. Il m'a reçu dans sa bibliothèque prétentieuse, une heure plus tard. Raide, mais d'une digne courtoisie. Un type trop grand et trop gros, avec une gueule et des vêtements d'aviateur vétéran.

« Désolé de vous avoir fait attendre, monsieur... Monsieur Sax, n'est-ce pas ?

– Mon nom est Della Vita, Jon Della Vita.

– Je ne sais pas ce que vous êtes venu chercher, monsieur Della Vita, en tout cas, vous ne le trouverez pas chez moi. Vous fumez ? »

J'opinai de la tête.

« Prenez un cigare. Ici, on peut fumer. Ce n'est pas comme chez ces démocrates mous de la côte Est... », ajouta-t-il en me tendant une immense boîte à humidificateur.

Pourvu qu'il ne me lance pas sur le terrain politique ! pensai-je. Coupant court, je plaçai la question qui me brûlait les lèvres :

« Est-ce que votre fille est là ? J'aimerais, avec votre permission, lui demander deux ou trois choses.

– Mary-Lou ? Elle m'a causé quelques soucis, ces derniers temps. Une fille douée, vous savez, et d'une parfaite éducation. Entre nous, monsieur Della Vita, j'aurais préféré un garçon, un futur politicien, comme moi. Mais elle est le seul enfant que Dieu et le corps triste de ma femme ont bien voulu m'accorder... Oui, Mary-Lou est là. Mais vous ne la verrez pas. Elle n'a rien à vous dire. Elle ne souhaite pas vous parler. D'ailleurs, je peux répondre à sa place. Son cœur et son esprit n'ont aucun secret pour moi.

– Que vous dites !

– Pardon ? Soyons clairs, monsieur Della Vita. Il ne me viendrait pas à l'idée de vouloir vous donner des conseils en matière de saxophone, de violoncelle ou même de triangle... Au cas où vous ne l'auriez pas remarqué, vous êtes en pays sudiste. Mon arrière-grand-père était un proche du général Lee. Vous voyez, les terres et les bois qui s'étendent là-bas, au-delà de la terrasse ? Eh bien, l'une des plus sanglantes batailles de la guerre de Sécession s'y est déroulée... Comprenez-moi bien : ici, les affaires de famille se discutent en famille. Point final. Reçu ? »

Plutôt que de lui asséner un « cinq sur cinq » moqueur, j'esquivai et me remis en garde, prêt à décocher une droite ajustée :

« Alors, nous sommes faits pour nous entendre, monsieur le Juge...

– Appelez-moi Tom. Tout le monde m'appelle Tom.

– Famille pour famille, Tom, je vais vous faire une confidence, moi aussi. Il me serait agréable, voyez-vous, d'avoir des nouvelles de mon fils Doug.

– C'est votre fils ?

– Enfin... Je suis allé le chercher très loin... Il représente énormément pour moi.

– Je sais.

– Vous ne pouvez pas savoir.

– Si. Il me l'a dit.

– Vous le connaissez ?

– Oui. Il est venu ici plusieurs fois. »

Pour le coup, j'étais sonné. Compté jusqu'à huit. Il fallait que je récupère, que je me relève avant le knock-out. J'essayai de ne pas bredouiller.

« Et... où est-il... maintenant ?

– Ça, je l'ignore. Mais je voudrais vous féliciter, monsieur Della Vita. Vous avez fait de ce... (il hésita sur le mot)... cet étranger un véritable gosse de chez nous, un Américain.

– Pardon ?

– On ne s'est pas battu là-bas pour rien, n'est-ce pas ? Je connais vos états de service, sergent Della Vita – je ne laisse jamais rien au hasard. Vous avez été un bon soldat. Mais votre dossier contient des informations douteuses sur votre temps de captivité. Il se pourrait que l'ennemi vous ait intoxiqué. Les officiers qui vous ont débriefé, à la fin de la guerre, vous ont trouvé très complaisant, trop attendri... Alors, évidemment, je comprends, je comprends... Votre gosse, enfin, le gosse... Car il est clair, renseignements pris, que ce n'est pas votre enfant. Votre unité n'est jamais remontée si loin dans le Nord. Le père de Doug est un certain Roderick F. Braidlaw. Un ex-marine. Qui vit en Virginie. Et qui a déposé de multiples demandes auprès de l'administration pour tenter de retrouver la trace de Doug.

– Où ça, dans quelle ville de Virginie ?

– Confidentiel, Della Vita, confidentiel...

– Vous vous foutez de moi ! »

J'avais du mal à garder mon calme. Les nerfs prenaient le dessus. Maï m'avait menti. Mes coups allaient partir à tort et à travers, c'était sûr. Dans un coin de ma tête, Alessandro il Grande beuglait : « Ton gauche ! Ton gauche, bordel ! Ne le laisse pas entrer au corps à corps ! »

Le Juge tirait calmement sur son cigare, tandis que le mien s'était éteint.

Il me fixa dans les yeux et dit :

« Vous n'avez pas le droit d'adopter ce petit.

– Vous m'en empêcheriez ?

– Non, pas moi. Lui !

– Lui ! Qu'est-ce que vous racontez ? Je ne me suis pas tapé tout ce trajet pour entendre des saloperies pareilles !

– Gardez votre sang-froid, Della Vita, vous allez en avoir besoin. C'est une question de justice et de raison. Tout va s'arranger, vous verrez. Doug a un avenir brillant devant lui, mais je crains que ce ne soit pas celui que vous lui aviez préparé.

– J'aimerais bien qu'il me le dise lui-même.

– Il le fera, j'en suis sûr. Un jour... Et sur ce, je pense qu'il vaudrait mieux clore cet entretien. Nous n'avons plus rien à nous dire. »

Le Juge a dû me balancer encore quelques aménités du même acabit et moi batailler des poings de manière un peu trop désespérée pour le faire céder d'un pouce. Avant de battre en retraite, j'ai tout de même réussi à articuler :

« Vous pouvez au moins me renseigner sur sa santé. Est-ce qu'il va bien ?

– En excellente forme. Oh ! ça oui ! Du fer, du costaud, ce garçon ! Et puisque vous insistez, Della Vita, et que finalement, vous m'êtes plutôt sympathique, je vais vous rassurer. Doug n'a plus besoin que vous l'adoptiez : il est devenu citoyen des Etats-Unis d'Amérique. A part entière. Je lui ai facilité ses démarches et suis intervenu en haut lieu pour accélérer le processus, mais il ne le doit qu'à lui-même. Avec son pedigree, ce n'était pas si compliqué.

– Merci, Tom ! Oui, merci ! Que Dieu vous bénisse ! »

Ce soir-là, dans un motel du Sud, j'ai pris sans doute la plus sinistre cuite de ma vie. Une gueule de bois de quarante-huit heures.

18

Je suis rentré à Chicago, prendre du recul et retrouver mon saxophone. Les potes m'ont ouvert les bras, chaque fois qu'il me prenait l'envie de faire un bœuf. Jouer avec eux n'annulait rien, mais ça me persuadait que je pouvais survivre à n'importe quoi.

Suivre Doug à la trace, assumer son destin à lui, tout ça commençait à sérieusement m'agacer. J'aurais pu, bien sûr, me pointer chez le marine Braidlaw et régler mes comptes avec lui, mais un pressentiment me disait que Doug n'était pas allé se jeter dans les bras de son père naturel. Je le connaissais assez, malgré ses comportements imprévisibles. Je résistai donc à l'envie de téléphoner en Virginie.

Entre-temps, je m'étais dégotté une compagne, Chris, une femme mûre de mon âge, qui venait de divorcer et qui n'en était pas encore à exiger quoi que ce soit de moi. Nous avions décidé de nous offrir quelques vacances, vers le Sud.

J'ai acheté une Taurus d'occasion. Et nous sommes partis.

En Virginie, pas une caserne n'a échappé à mon attention.

Patatras ! J'ai fini par y découvrir que Doug avait fait un stage dans une unité de l'armée de l'air. J'étais fixé.

Fallait-il persister ?

Non, Doug était perdu pour moi. C'était difficile à admettre.

La curiosité, l'amour ont été les plus forts.

Je l'ai retrouvé.

A Beaufort, en Caroline du Sud, où il suivait une formation de pilote de chasse.

Notre entretien a été aussi bref et brutal qu'un raid au-dessus des lignes ennemies.

J'ai failli ne pas le reconnaître, avec sa boule tondue à deux millimètres. Où étaient ses belles boucles brunes et son faciès d'ange ? Ses traits étaient durs. Sa mâchoire serrée.

« Et tes binocles ? lui dis-je, balourd. Ils t'ont pris malgré tes binocles !

– Je porte des lentilles. Et au tir, je suis l'un des meilleurs de toutes les escadrilles.

– Attends ! Tu es un musicien. Tu n'as rien à voir avec ces machines de mort qui font boum-boum au-dessus des plages pour rassurer le bon peuple américain.

– J'ai appris. C'est comme une partition. On déchiffre, on retient et on joue. Pas si compliqué.

– Tu veux faire la guerre ?

– Nous nous préparons à toute éventualité. »

Hors de ces monstruosités, je n'ai pas pu lui tirer le moindre mot. Et elle n'allait pas tarder, malheureusement, à arriver, cette fichue éventualité. Quelques mois plus tard, c'était la guerre du Golfe.

Doug s'y illustra par des exploits technologiques que j'ai vus, comme tout le monde, sur CNN. La cible, et l'explosion du missile en plein dedans, dans le mille, c'était lui, entre autres.

Un virtuose.

Et puis, il n'est jamais revenu du Koweït. L'un des rares aviateurs U.S. portés disparus, victime de la D.C.A. ou des Scuds irakiens, ce que le gouvernement n'a jamais voulu admettre. Enfin... Qui sait ? Peut-être est-il parti vers d'autres horizons.

Il aurait pu épouser Mary-Lou, la fille du Juge. Là-bas, à Sewanee, ils ont porté le deuil, à l'annonce de la disparition de Doug.

Il s'est éclipsé – eh ! –, a tiré sa révérence. Pour retourner auprès de sa mère et donner des cours de violoncelle aux fidèles de Maï.

Moi, je parie qu'il vit sa vie, seul, comme un grand, à Nairobi ou Dar es-Salam.

On peut toujours rêver.

Chris en avait eu marre de mes visites de cantonnements. A Charleston, nous avions eu une explication.

« Tu choisis. C'est lui ou moi ?

– Je t'en prie, Chris, plus qu'une. Demain matin, on va à Beaufort. Trente kilomètres. Ce n'est rien. Et puis, c'est un bled magnifique. La plage, les maisons d'avant la guerre de Sécession, on se croirait dans *Autant en emporte le vent*, avec l'océan en plus... On ira à la pêche au gros. On mangera de l'espadon grillé et du requin.

– Stop ! Je rentre... L'Amérique des ploucs, ce n'est pas mon genre. J'en ai soupé. Avec mes points de passager privilégié, la Delta m'offre un vol de retour direct. C'est décidé. On verra plus tard. Quand tu seras à jour avec ton passé... »

Ce ne serait pas demain la veille.

Je venais de perdre l'un des coups les plus satisfaisants de ces dernières années. Au lit, Chris était d'une astuce surprenante.

Tant pis.

19

L'hélicoptère survole la vallée. De mon point d'observation, la jungle des arbres et la platitude des rizières en contrebas se mêlent, sous le soleil levant, dans une symphonie moutonnante de gris et de mauves. Hormis le vacarme du rotor, tout paraît d'un calme paradisiaque. Mais on nous a bien enseigné que plus l'endroit paraît vide et plus la présence des francs-tireurs est probable.

Je n'ai pas du tout envie de jouer les héros. J'ouvre l'œil, au fur et à mesure que nous perdons de l'altitude, mais je n'ai pas peur. La meilleure façon de se faire trouer la peau, c'est de péter de frousse au départ. Si ça craint, t'as intérêt à foncer. Plus vite tu détales et mieux ça vaut. La moindre hésitation peut tourner au drame.

Je ne sais pas pourquoi j'ai attendu, une, peut-être deux secondes de trop, avant de sauter. A la manière dont les pales de l'hélicoptère agitaient la surface de l'eau, j'estimais que notre hauteur n'excédait pas deux mètres. Avec de la flotte en dessous, et de la terre meuble et grasse, il n'y avait aucun risque. A l'entraînement, j'avais déjà fait mieux.

Pendant cette seconde, à quoi je pense ?

D'habitude, dans ces circonstances, on ne songe qu'à la maîtrise de son bide et de ses réflexes. Cette fois, je fais l'erreur de me demander ce que je fous là.

Dans mon élan retardé, j'oublie de gueuler « Go » à mes hommes pour qu'ils se précipitent à ma suite. En plein vol, la balle me transperce et je m'écrase au sol – *splash !*

Je me bagarre encore un peu. Je patauge. Ecarte d'un revers de bras les hautes herbes qui me flagellent le visage. D'abord, y voir clair. Condition absolue de la survie. Si tu ne sais pas où tu es et ce que tu fais, Jon, t'es fichu. Respire, concentre-toi et dès que tu pourras, relève-toi et cours te mettre à l'abri. Les gars de la section te couvriront.

Le feu croisé pétarade au-dessus de moi. Ça canarde de part et d'autre. Un foin d'enfer. On ne s'attendait pas à être reçus par un aussi grand bal, mais au moins on ne sera pas venus pour rien. Ces opérations de commando se soldaient souvent par des balades pépères avec un ennemi invisible qui nous faisait la nique. Exaspérant !

Tu voulais la vraie castagne. Tu l'as, mon vieux. Accroche-toi !

Je me suis aplati la gueule sur un talus marécageux. Je ne peux plus bouger. Tétanisé. Tout mon corps souffre. Et des reins jusqu'à la base du cou, en passant par l'épaule, la douleur rayonne.

A l'aveugle, je tire une série de balles de mon P.M. Il y a peu de chances que l'une d'entre elles atteigne une cible, mais il ne sera pas dit que je n'aurai pas essayé.

Je m'affaisse. Tremblant.

La vie vaut la peine d'être vécue, me dis-je, comme si ça pouvait me donner la force d'accepter la froidure de la mort qui commence à me gagner.

Mes jambes s'ankylosent. Je tente en vain de remuer. Je sais parfaitement qu'il faut bouger dans ces cas-là, à tout prix.

Et, au gré de mes convulsions, la vie, toute la vie – celle du passé et celle de l'avenir –, diffuse dans mes veines une espèce de venin rare. Faute de contrepoison, la paralysie s'installe. Je m'endors doucement.

Fais dodo, mon petit Jon. Maman est en bas qui fait du gâteau, Papa est en haut qui joue au zigoto ! Les cuivres entonnent la *Marche américaine* et le Chicago Big Band reprend à l'unisson. Ça va swinguer !

Toute la troupe est au rendez-vous : Benny

Curren, les Rappaport, Jessica, son frère, Nick Portale, Sonia, Robert Robert, Billy, Chet, le Maître et Doug et Maï, bien sûr...

Je serre fort mon saxo contre mon ventre.

J'ai mon solo à prendre.

Je vais me défoncer.

Parole !

20

Pas même Alessandro il Grande n'aurait osé estimer, face à mon cercueil recouvert du drapeau américain, que je méritais l'enfer.

Un type comme mon père, ça vous accordait toujours le purgatoire. Par principe. « Rappelle-toi, Jon. T'as débuté dans la dèche et tu finiras dans la mouise ! C'est pas ta faute. Des gens de notre espèce, on ne peut pas faire autrement... Souviens-t'en ! »

Et en guise de purgatoire, il me restait Paris. L'endroit idéal pour un vétéran du jazz, un vieux soldat américain qui veut qu'on lui fiche la paix...

Avant de retraverser l'Atlantique, une dernière fois, je me voyais déjà installé dans ce petit hôtel de la rue de Seine où, grâce à Sonia, j'avais découvert mes premiers véritables plaisirs d'homme. Et Chet, à la terrasse du bistrot du coin, serait au rendez-vous à me prodiguer des conseils pour cette impro « mortelle » que je lui devais encore.

« *Fuck !* Jon, elle est en toi ! Laisse tomber les faux-semblants... Ecoute les notes, rien que les notes ! Et ça va monter sans que tu t'en aperçoives... Fais-toi plaisir, merde ! »

L'ennui, c'est qu'il n'y a que Chet pour y croire.

Les autres trouvent que je ressasse un peu. Il était plein de promesses, mais il vit sur son acquis. Du talent, oui. De l'invention, hum ?... Un petit gars de Chicago. Bien. Il a eu son heure de gloire, là-bas. Même Nick Portale l'a pris comme alto sur deux ou trois enregistrements... Il figure encore pas trop mal, en soutien, dans nos boîtes locales. De temps à autre, quand on accepte de lui donner un job.

Ce n'est pas tout à fait l'avis de la patronne de l'hôtel. Depuis deux mois, maintenant, je suis à crédit. Il y a longtemps que mon mince paquet de dollars, sauvé de la catastrophe engendrée par Doug, s'est volatilisé. Si dans huit jours, je n'ai pas payé, dehors l'Amerloque ! Oh ! elle l'a dit plus gentiment... Mais je sais, moi aussi, que ça ne peut plus durer comme ça.

Il est trop tard pour frapper aux portes des amis d'autrefois.

Il me reste une solution – digne, je crois. Le métro.

C'est ce que Doug aurait fait, non ?

La manche...

Sax en bandoulière, je m'enfoncerai dans le ventre de Paris. A la station Les Halles, entre le théâtre de la Ville et celui du Châtelet. Et là, au centre de la terre, à deux pas du Louvre et de ses maîtres anciens, à proximité de Beaubourg et des recherches de l'art moderne, je vais m'offrir le plus beau festival de jazz de ma carrière.

Il y en aura pour tous les goûts, tous les âges, tous les sexes et jusqu'à celui des anges à qui on a coupé le zizi sur les frises de l'église Saint-Eustache !

Les passants s'arrêtent. Même, parfois, les plus pressés, ceux qui courent, sans tête, comme des canards gris décapités... Certains applaudissent. D'autres se contentent de maugréer des mots incompréhensibles. Un jour, il y en a un qui m'a dit : « T'es plutôt bon, pour un S.D.F. »

Hier, une jeune fille – à peine l'âge de Doug – est demeurée plus d'une demi-heure à m'écouter. J'avais joué *Body and Soul* et, pour fêter l'arrivée du printemps, le magnifique *I'll Remember April* de Clifford Brown. Elle s'est approchée, souriante.

« Monsieur le saxo, vous devez être crevé... Avec vos cheveux gris, vos traits tirés, je vois bien que ce n'est pas une vie, ce que vous faites là... Il ne me reste qu'un billet de cent francs. Je devais rejoindre une amie, au cinéma. De toute façon, l'horaire de la séance est passé... Tant pis... Si vous vouliez bien jouer *Misty* pour moi, je vous les donne, ces cent balles ! »

Et comment que j'allais le lui jouer son *Misty* ! Pas à cause du fric, non ! Encore que, ce soir-là, j'aurais droit à un extra, un vrai repas dans un bistrot de la rue Tiquetonne que je connaissais de la belle époque, histoire de retourner aux sources... *Misty*, c'était mon air fétiche. Celui où Chet avait toujours dit que j'étais le plus près de la perfection...

A la croisée de deux couloirs du métro, la mélodie est montée, souveraine, et s'est imposée à la rumeur vrombissante de la ville souterraine. Jamais je ne l'avais interprétée aussi souple, aérienne et sensuelle. Un rêve de brouillard, un corps de femme lové sous mes doigts, une respiration haletante et chaude d'étoile en train de naître...

Je crois que, pour une fois, j'ai été génial.

Une chose est sûre, c'est que je me suis décroché l'âme. Je suis allé le chercher au fond de moi, au bout du monde, ce léger souffle qui me retenait encore à la vie.

En sortant du restaurant, où j'avais trop bu et trop mangé, j'ai allumé l'un des mégots que j'avais conservés, pour l'occasion, dans la poche de mon veston râpeux. J'ai été pris d'une quinte de toux interminable. A tel point que j'ai dû m'asseoir sur le trottoir, les pieds dans le caniveau, sous le regard moqueur des noctambules.

Le malaise persistait. Je me suis allongé par terre. J'ai posé mon saxophone à côté de moi, aligné avec précaution le long de mon corps. Je l'ai entouré d'un bras et j'ai fermé les yeux, en espérant ne plus jamais me réveiller.

C'est curieux. Allez savoir pourquoi, mais il y a des histoires et des dictionnaires du jazz qui continuent à me consacrer la courte notice biographique suivante :

« *Jon Della Vita (1945-1969).* Musicien de Chicago. Disparu prématurément au Vietnam. Ses talents aux registres divers ne lui ont pas permis de s'affirmer dans la durée. A cependant joué aux côtés des meilleurs : Chet Broker ou Nick Portale, par exemple. A son heure de gloire, on l'avait baptisé "Mister Sax". »

DU MÊME AUTEUR

Aux Éditions Grasset

BOCANEGRA, *roman*, 1984.
SCHMUTZ, *roman*, 1987.
EN ATTENDANT GALLAGHER, *roman*, 1995.
UN DERNIER SOIR AVANT LA FIN DU MONDE, *roman*, 1998.

Aux Éditions Flammarion

LE BEL ARTURO, *roman*, 1989.
LE SOUFFLE DE SATAN, *roman*, 1991.

Aux Éditions Buchet/Chastel

LE SINGE HURLEUR, *roman*, 1978.
BLACKBIRD, *roman*, 1980.
OPÉRA, *roman*, 1981.

Aux Éditions Julliard

AMERICAN BOULEVARD, *récit de voyage*, 1992.

La composition de cet ouvrage
a été réalisée par I.G.S. Charente Photogravure
à l'Isle-d'Espagnac,
l'impression a été effectuée
sur presse Cameron dans les ateliers de
Bussière Camedan Imprimeries
à Saint-Amand-Montrond (Cher).

Achevé d'imprimer en avril 1999.
N° d'édition : 18148. N° d'impression : 991649/4.
Dépôt légal : mai 1999.